힘들고 지칠때
희망을 주는
이야기

힘들고 지칠 때 희망을 주는 이야기

개정판 1쇄 인쇄 2003년 6월 5일
개정판 1쇄 발행 2003년 6월 10일

지은이 주상현
펴낸이 김철수
편집 유정림
디자인 김현민
마케팅 김진태 · 김규형
관리 최경석 · 이세호

펴낸곳 지원북클럽
등록 1996년 12월 3일 제10-1371호
주소 서울시 마포구 상수동 231번지 호수빌딩 301호
전화 (02)322-9822~5 | 팩스 (02)322-9826

* 잘못 만들어진 책은 구입하신 서점에서 교환해 드립니다.

FRIEND BOOK

힘들고 지칠때
희망을 주는
이야기

주상현 지음

지원북클럽

우리가 찾고 있는 행복의 열쇠

"사람은 무엇으로 사는가?"

우리는 종종 이런 질문 앞에 놓이게 됩니다. 러시아의 대문호 톨스토이는 사람이 살아가는 것은 사랑이 있기 때문이라고 말했습니다.

누구나 한번쯤 이런 생각에 빠졌을 것입니다. 아침 출근길 붐비는 전철 안에서나 버스를 기다리며 도로를 가득 매운 자동차들의 긴 행렬을 보면서, 거리에서 빠른 걸음으로 스쳐 지나가는 사람들을 보면서 불현듯 가슴속으로 바람이 불어오는 걸 느꼈을지도 모르겠습니다.

"당신은 무엇을 찾고 있습니까?"

평범함 속에 진리가 있다는 말처럼 우리가 살아가면서 소중한 것들은 너무도 잘 아는 익숙한 곳에 있기 때문에 오히려 눈에 잘 띄지 않는 경우가 많습니다.

우리가 흔히 볼 수 있는 강가의 돌멩이라도 어떻게 다듬느냐에 따라서 보석보다 더한 가치를 지닐 수 있습니다. 하지만 많은 사람들이 그저 자신은 재능이 없다고 한탄만 하고 있습니다. 만일 모든 사람들이 '왜 나는 보석이 아니라 돌을 가졌을까? 라고 한탄만 하고 있다면 이 세상은 어떻게 되겠습니까. 타고난 재능과 좋은 여건이 없음을 탓할 것이 아니라 희망을 잃지 않고 열심히 노력하여 자신의 가치를 높이는 것이 중요합니다.

우리가 찾고 있는 행복의 열쇠, 그것은 바로 희망을 품은 마음입니다. 우리들이 세상을 지혜롭게 살아가는 방법은 마음의 문을 열고 희망을 버리지 않는 것입니다. 이 세상에 귀한 것은 귀한 사람만이 알아보고 꿈을 잃지 않는 사람만이 그 꿈을 이룰 수 있습니다.

마지막으로 언제나 삶의 기쁨이 되는 부모님과 가족들이 항상 건강하고 행복하기를 바라며, 중간 중간에 글을 읽고 여러 가지 조언을 아끼지 않은 분들과 출판사 여러분에게도 감사의 마음을 전합니다.

주상현

차 례

마음을 치료하는 의사

오랜 세월 동안 히포는 버들마을의 유일한 의사로서 마을 사람들의 건강을 돌보는 데 정성을 다했다. 그는 인근 마을에까지 따뜻하고 편안하게 환자를 돌보는 명의라고 소문이 날 정도였다. 그런 히포가 건강과 나이 등 여러 문제로 은퇴를 얼마 앞두고 후임으로 추천한 의사가 바로 사이먼이었다.

사이먼이 마을에 처음 왔을 때 사람들은 그를 못 미더워했다. 그 이유는 젊디젊은 사이먼이 정성을 다해 자신들을 제대로 치료할 수 있을지 의심스러웠기 때문이었다.

그러던 어느 날 히포가 도시에 나가 있는 아들을 만나러 마을을 잠시 떠난 사이에 위급한 환자가 병원에 실려 왔다. 그때 사이먼이 서두르지 않고 침착하게 치료하여 생명을 건졌다는 소식이 전해지자 마을 사람들은 더 이상 사이먼의 능력에 대하여 걱정하지 않게 되었다. 또한, 시간이 지날수록 침착하고 자상하게 환자를 돌보는 그의 모습에 마을 사람들은 점차 그를 신뢰하게 되었다.

그렇게 1년이 지나자 마을 사람들은 사이먼의 젊은 나이 한 가지만을 제외하곤 모두들 그를 히포만큼 사랑하고 의지하게 되었다. 그런데 사이먼이 버들마을에 온 지 2년이 조금 지났을 무렵 그가 평생 잊을 수 없는 일이 생겼다.

버들마을 사람들이 가장 아끼는 장소는 북쪽의 넓은 공터를 이용하여 만든 마을 공원이었다. 그 공원에서 조금 떨어진 숲에는 마을 사람들에게 '나무 할아버지'라고 불리는 한 노인이 살고 있었다. 그가 언제부터 그곳에 살고 있었는지 아는 사람은 아무도 없었다. 다만 마을에서 나이가 제일 많은 한스 영감이 어렸을 때에도 나무 할아버지가 그곳에서 살았다고 전해질 뿐이었다. 언제부터인지 마을 사람들은 어려운 일이 생길 때면 나무 할아버지를 찾아가 조언을 구하곤 하였다.

그날도 여느 날처럼 나무 할아버지는 공원 뒤쪽의 커다란 나무 밑에 있는 의자에 앉아 공원 놀이터에서 즐겁게 노는 아이들을 쳐다보고 있었다. 그때 뜻밖에 사이먼이 무슨 급한 일이 있는지 붉게 상기된 얼굴로 가쁜 숨을 몰아쉬며 나무 할아버지를 찾아왔다.

"나무 할아버지, 큰일 났습니다."

"아니 사이먼, 도대체 무슨 일이기에 침착한 자네가 이렇게 허둥대나?"

"옆 마을 환자들이 돌팔이 의사에게 속고 있습니다!"

"그게 무슨 말인가? 옆 마을 사람들이 돌팔이 의사에게 속고 있다니……."

"얼마 전 한 의사가 도시에서 옆 마을로 이사 와서 병원을 개업하였는데, 그 의사는 별 볼일 없는 약을 조제해 주면서 환자들의 병이 치료되었다고 믿게 하고 있습니다."

"어떻게 된 것인지 좀더 자세히 말해보게. 별 볼일 없는 약으로 병을 치료했다고 환자들에게 믿게 한다니?"

"제가 직접 확인한 사실입니다. 옆 마을 사람 중에 저희 병원 환자가 있어서 가끔 왕진을 갔는데, 오늘 그가 말하길 마을에 새로 온 의사에게 치료를 받아 많이 좋아졌으니 더 이상 왕진을 오지 않아도 된다고 하는 게 아니겠습니까. 저는 그 환자의 병이 쉽게 낫지 않는다는 것을 알고 있었기에 새로 온 의사의 치료와 처방약을 물어보았습니다. 의사의 처방은 저와 별반 다를 것이 없었죠. 그런데도 그는 자신의 병이 거의 다 나았다고 굳게 믿었습니다. 그 환자 말고도 새로 온 의사에게 치료를 받은 사람을 몇 명 더 만나 보았는데 모두 자기 병이 많이 나아졌다고 믿고 있었습니다."

사이먼의 이야기를 듣고 보니 나무 할아버지도 옆 마을에 새로 온 의사에 대하여 의문이 생겼다.

"그 의사가 사기꾼이라는 건가? 그러면 어째서 경찰에 신고하지 않고 나를 찾아온 건가?"

"글쎄, 환자들이 모두 새로 온 의사에게 속았다는 사실을 인정하려 하지 않습니다. 그러니 경찰에 함부로 신고할 수도 없고 해서 이렇게 의논드리러 찾아온 겁니다."

나무 할아버지는 잠시 무엇인가 생각하다 사이먼에게 한 가지 제안을 하였다.

"이봐 사이먼, 의사가 의술을 가지고 사람을 속이는 것 못지않게 남의 말과 심증만으로 사람을 함부로 의심하는 것도 큰 잘못이라네. 우리가 직접 가서 확인해 보는 게 어떻겠나?"

사이먼은 잠시 생각에 잠겼다가 이내 나무 할아버지의 의견에 찬성했다. 이윽고 두 사람은 함께 옆 마을에 새로 생긴 병원으로 향했다.

새로 생긴 병원은 낡은 건물 한쪽에 자리 잡아 겉모습은 초라해 보였다. 하지만 병원 안은 밖과 달리 깨끗하고 따뜻한 느낌을 주었다. 나무 할아버지는 방문 이유를 묻는 간호사에게 의사와의 면담을 신청하였다.

"죄송하지만 선생님께서는 지금 진료 중이라 만나실 수가 없습니다. 진료가 모두 끝날 때까지 대기실에서 좀 기다려 주십시오."

나무 할아버지와 사이먼은 의사의 진료가 모두 끝날 때까지 대기실에서 기다리기로 했다. 그러나 한참을 기다려도 대기실 안에서 기다리는 사람이 좀처럼 줄지 않자 사이먼이 나지막한 목소리로 불평했다.

"도대체 이렇게 많은 사람들이 기다리고 있는데, 안에서 무엇을 하기에 이리 진찰을 오래 하는 거지요?"

"너무 조급해 하지 말게. 정확히 진료하기 위해 진찰 시간이 오래 필요한 거겠지. 여기서 기다리고 있는 사람들을 보게. 의사가 앞사람처럼 자신도 신중히 진찰해 준다는 것을 믿기에 아무런 불평 없이 기다리고 있지 않나."

나무 할아버지의 말에 사이먼은 무슨 말인가 하려다 말고 입을 다물어 버렸다. 그러자 잠시 어색한 침묵이 흘렀다.

진찰실 안에서는 가끔씩 웃음소리가 흘러나와 대기실까지 들렸다. 사이먼은 평소에 의사가 환자를 대할 때 냉정하게 대해야 정확한 진료를 할 수 있다고 믿었다. 그래서 그의 진료실 안에서는 웃음은 전혀 찾아볼 수 없었다.

그런데 지금 진료실 안에서 들리는 의사와 환자의 밝은 웃음소리에 사이먼은 자신도 모르게 마음 한쪽에서 질투

심이 솟는 것을 느꼈다. 그때 나무 할아버지가 부르는 소리에 정신을 차린 사이먼은 조금 전 마음속에 일었던 생각을 접으며 나무 할아버지를 따라 진료실 안으로 들어갔다.

사이먼이 만난 의사는 사십대 중반쯤 되는 나이에 차림새는 그리 깔끔하지 않았고 오랜 시간 쉬지 않고 많은 환자를 진찰했기 때문인지 약간 피곤해 보였다. 그러나 밝은 미소로 사람을 맞이하는 모습이 어딘지 모르게 편안한 인상을 주었다.

의사는 나무 할아버지와 사이먼에게 가볍게 인사를 하고 자리를 권했다.

"무슨 이유로 저를 보자고 하셨습니까?"

나무 할아버지는 방문 목적을 솔직히 이야기했다. 그는 나무 할아버지의 이야기를 조용히 듣고 있다가 이야기가 모두 끝나자 입을 열었다.

"이곳에 오기 전에 저는 도시에 있는 큰 병원에서 근무했었습니다. 저 역시 다른 평범한 의사들과 별반 다를 게 없었죠. 그러다가 제가 몇 년 전 큰 병에 걸리면서 의사였을 때 알지 못했던 것을 많이 느끼게 되었습니다. 그 중에 가장 크게 느낀 것이 환자들이 의사에게 꼭 의학적인 치료만을 바라는 것이 아니라는 사실이었습니다. 그때 저는 마음속으로 한 가지 맹세를 했습니다. 만일 병이 완쾌되어 다시 진료할 수 있게 된다면 의사의 입장이 아니라 환자의 입장에서 진료를 하겠다고 말입니다."

그는 앞에 놓인 차를 한 모금 마시고 이야기를 계속하였다.

"수술이 성공적으로 끝나 병이 완쾌되었고, 저는 도시의 병원을 떠나 이곳에 새로이 병원을 개업했습니다. 지금은 비록 그때 맹세한 대로 완전히 환자의 입장에서 진료한다고 말할 수는 없지만 그것에 가까워지도록 노력하고 있습니다. 이것으로 어느 정도 질문에 대한 대답이 되었는지 모르겠군요."

의사의 말이 끝나자 나무 할아버지는 가만히 고개를 끄덕이며 말했다.

"내가 보기에는 이 의사에게 아무런 문제가 없는 듯 보이는데 자네 생각은 어떤가?"

나무 할아버지의 말에 사이먼도 가만히 고개를 끄덕였다.

이윽고 나무 할아버지와 사이먼은 의사에게 작별 인사를 하고 병원을 나와 버들마을로 향했다. 마을 어귀에서 잠시 쉬기 위하여 강둑에 앉았을 때 사이먼은 아까부터 궁금하였던 것을 나무 할아버지에게 물었다.

"할아버지, 그 의사가 환자들에게 친절한 것은 사실이지만 제가 보기에는 처방약이나 치료 방법에는 별로 특별한

17

것이 없습니다. 그런데 왜 사람들은 그가 준 약을 먹고 모두 병이 나았다고 생각하는 걸까요?"

"사이먼, '병은 육체에서만 비롯되는 것이 아니니, 단지 약만으로 병을 치료할 수 없다.' 라는 말이 있네. 환자의 병을 고치려는 의사의 마음과 꼭 낫겠다는 환자의 마음이 하나가 되었을 때 비로소 병이 낫는 것이지. 물론 몸에 좋은 약을 처방해야겠지만, 그보다 먼저 진심으로 환자를 생각하는 마음과 행복한 웃음이 필요하네. 웃음이 만병통치약이라는 말도 있지 않은가. 아무리 좋은 치료를 하고 아무리 좋은 약을 쓰더라도 환자를 배려하는 마음이 없다면 별로 효험이 없는 법이지."

나무 할아버지는 말을 마치고 자리에서 일어나 마을로 향했다. 하지만 무엇인가 깊은 생각에 빠진 사이먼은 그 자리에서 일어설 줄 몰랐다.

알맹이와 껍데기

　공원 반대편 언덕 위에는 버들마을이 처음 생길 때 마을 사람들이 힘을 모아 지은 성당이 있었다. 오랜 시간이 흘러 벽의 페인트가 벗겨지고 나무문도 낡아서 겉모습은 볼품없었지만 성당은 마을에서 없어서는 안 될 중요한 장소였다. 10년 전에 부임한 리처드 신부는 키가 크고 근엄한 인상과는 달리 상냥하고 친절한 분이라 성당을 다니든 다니지 않든 상관없이 마을 사람 모두에게 사랑과 존경을 받았다.

　어떤 사람이든 같은 마을에 10년을 넘게 살게 되면 그 사람에 대하여 마을 사람들이 모르는 것이 없어지게 되는 법이다. 그런데 리처드 신부가 이 성당을 맡은 지 10년이 넘은 지금까지도 마을 사람들이 신부님에 대하여 궁금하게 생각하는 것이 두 가지 있었다.

　그 중 하나는 리처드 신부가 좀처럼 자신에 대하여 이야

기하지 않아서 그가 과거에 어떤 사람이었는지 알 수 없다
는 것과, 다른 하나는 신부님이 기도를 마친 뒤 다른 신부
님들처럼 그냥 "아멘." 하고 끝내는 것이 아니라 항상 "안
토니, 아멘." 하고 기도를 마치는 이유였다. 처음에 마을
사람들은 '안토니'가 무슨 성자의 이름일 거라고 생각했
지만 곧 그렇지 않다는 것을 알고는 그 이름의 주인공이
누구일까 무척 궁금해 했다.

처음에 몇몇 독실한 신도들에게서 시작된 의문은 시간
이 지날수록 점점 눈덩이처럼 커지기 시작했다. 급기야 다
른 마을 사람들에게까지 갖가지 이상한 소문이 나돌고 안
토니가 누구를 가리키는 것인지를 놓고 내기를 하는 사람
들이 생겨날 정도였다. 이처럼 일이 확대되자 게일과 몇몇
사람들은 이 문제를 의논하기 위하여 나무 할아버지를 찾
아갔다.

"그러니까 그 두 가지 궁금증을 나에게 물어봐 달라는
건가?"

게일에게 사정 이야기를 듣고 나무 할아버지가 말했다.

"네, 할아버지께서 신부님과 친분이 두터우니 사정 이야
기를 하고 마을 사람들이 궁금해 하는 것을 물으신다면 리
처드 신부님도 아마 거절하지 않으실 겁니다."

"그러나 그것은 개인적인 일이 아닌가?"

나무 할아버지가 약간 곤란하다는 듯 말했다.

"저희들도 그것은 알고 있습니다. 하지만 예외라는 것이 있는 것 아닙니까?"

게일의 말에 다른 사람들이 동조하자 나무 할아버지도 더 이상 거절할 수가 없었다.

"그럼 내가 이야기는 해보겠지만 너무 기대들은 하지 말게."

나무 할아버지의 대답에 사람들은 서로 얼굴을 마주보며 그 정도면 됐다는 듯 고개를 끄덕였다.

다음날 나무 할아버지가 성당을 찾았을 때 리처드 신부는 성당 뒤에 심은 장미를 손보고 있었다. 그는 나무 할아버지를 반갑게 맞아서 정원 한쪽에 마련되어 있는 테이블로 안내한 후 차를 가지고 나왔다. 나무 할아버지는 조심스럽게 자신이 찾아온 이유를 이야기하였다. 리처드 신부는 잠시 무엇인가 생각하다가 입을 열었다.

"제가 특별히 비밀을 만들려고 한 것은 아닙니다. 다만 개인적인 일이라 이야기하지 않았을 뿐인데, 마을 사람들이 그렇게까지 궁금하게 생각한다니 제 얘기를 좀 해야겠네요."

잠시 말을 멈춘 리처드 신부는 한 가지 제안을 하였다.

"그럼 이번 주 예배가 끝난 후에 마을 사람들이 궁금해 하는 것을 알려주겠다고 전해 주십시오. 이왕이면 그때 나무 할아버지께서도 참석해 주신다면 기쁘겠습니다."

리처드 신부의 미사 참석 부탁을 흔쾌히 승낙한 나무 할아버지는 성당에서 돌아와 게일에게 신부의 말을 전했다. 그 소식이 마을에 퍼지자 마을 사람들은 모두 다음 주일이 되기를 학수고대하였다.

며칠 후 일요일 아침이 되자 버들마을에 성당이 생긴 이래 가장 많은 사람들이 미사에 참석하였다. 얼마나 많은 사람들이 이번 미사에 참석하였는지 성당 안에 앉을자리가 없는 것은 물론 설자리도 부족하여 상당수의 마을 사람들이 성당 안으로 들어오지 못하고 밖에서 미사에 참석할 정도였다.

나무 할아버지도 아침 일찍 온 사람들이 너무 많아 게일의 도움을 받고서야 간신히 자리에 앉을 수 있었다. 그렇게 시작된 미사가 모두 끝나자 리처드 신부는 마을 사람들이 궁금해 하고 있는 이야기를 하기 위하여 연단에 올라섰다.

그 순간 성당 안이 얼마나 조용했는지 옆에 앉아 있는 사람의 눈동자 돌아가는 소리마저 들릴 정도였다. 리처드

신부는 그런 마을 사람들의 모습을 보고는 부드러운 미소를 지으며 천천히 이야기를 시작했다.

"사실 저는 20년 전 일어난 '신도시 건설 사기사건'의 핵심 인물 중 한 명이었습니다."

리처드 신부의 이 한마디에 성당 안은 순식간에 벌집을 쑤셔놓은 듯 시끌벅적해졌다. '신도시 건설 사기사건'은 사건의 파장이 얼마나 컸는지, 벌써 20년 전의 일이었지만 지금까지도 그때의 후유증을 앓고 있는 사람들이 있을 정도로 화제에 올랐던 사건이었다. 리처드 신부는 아무런 말없이 마을 사람들의 소란스러움이 진정되기까지 기다린 뒤 다시 이야기를 시작하였다.

"저는 어려서 부모님을 잃고 고아원에서 자랐습니다. 저에게는 고아원에서 함께 자란 안토니라는 친구가 있었죠. 안토니는 몸이 허약해 같은 또래의 친구들한테 많이 시달렸고 제가 우연히 도와준 것이 계기가 되어 우리는 친해지게 되었습니다. 안토니는 친구라고는 저 하나뿐이라 저에게 버림받지 않으려고 저를 위한 일이라면 궂은일도 마다하지 않았습니다. 그러던 어느 날 학교에서 돌아오는 길에 우리는 서로의 꿈에 대하여 이야기했죠. 안토니의 꿈은 신부가 되는 것이었고 저는 돈을 많이 벌어 부자가 되는 거였죠. 안토니는 제가 꿈을 이룰 수 있도록 자신이 돕

24

겠다고 맹세를 했습니다."

마을 사람들은 모두 숨죽이고 리처드 신부의 이야기에 점점 빠져들었다.

"몇 년 후 우리는 몰래 고아원을 나와 도시에 있는 공장에 함께 취직을 했습니다. 일은 힘들었지만 우리에게는 꿈이 있었고 주말에도 쉬지 않고 일한 덕분에 3년이 지났을 때쯤에는 얼마큼 돈을 모았죠. 우리는 계획대로 벌어놓은 돈을 합쳐 조그마한 무역회사를 차렸습니다. 회사 안의 일은 안토니가 맡았고 바깥 업무는 제가 맡았죠. 우리 둘은 호흡이 잘 맞아 몇 번의 위기를 잘 넘기고 회사를 키워갔죠. 그렇게 몇 년 뒤에는 사무실도 늘리고 사원들도 채용해서 조금씩 사업의 규모를 늘렸고, 다시 몇 년 뒤에는 공장도 갖게 되었습니다. 안토니와 저는 공장을 처음 사들인 날 너무 기뻐서 공장 안에서 기계들을 돌아보며 밤새 울었습니다. 그 후 다른 나라에서 전쟁이 터지는 바람에 우리 공장은 제품이 없어서 못 팔 만큼 주문이 밀렸고 저희는 공장을 더 짓고 사업 규모도 빠르게 커져 갔습니다."

리처드 신부는 잠시 숨을 고른 뒤 다시 이야기를 이어갔다.

"그렇게 사업이 커가자 저는 교만해지기 시작했고 시간이 갈수록 점점 독단으로 일을 처리하는 경우가 많았습니다. 그러던 어느 날 회사에 이상한 소문이 돌았어요. 글쎄 안토니가 저와 갈라서서 회사를 둘로 나누려 한다는 것이 었습니다. 처음에는 안토니를 믿었지만 점점 나 자신도 모르게 안토니를 의심하게 되었고 의식적으로 그를 멀리하기 시작했습니다. 아마 제 마음속에는 저보다 뛰어난 경영 능력을 보이는 안토니에 대한 질투가 있었던 것 같습니다. 어느 날 안토니는 건강을 핑계로 회사를 그만두겠다며 저

를 찾아왔습니다. 그 말을 듣는 순간 마음속에서는 안 된다고 생각했지만 입으로는 그렇게 하라고 승낙하고 말았습니다. 지금도 그때 저와 이야기를 끝내고 방을 나가기 전에 뒤돌아보았던 안토니의 슬픈 표정을 잊을 수가 없습니다."

리처드 신부의 얘기가 계속될수록 마을 사람들은 두 사람의 우정이 안쓰러운지 표정이 어두워져 갔다.

"안토니가 회사를 떠난 후 허전함을 느낄 겨를도 없이 회사가 조금씩 어려워지기 시작했기 때문에 저는 여러 가지 일을 처리하느라 그를 조금씩 잊어갔습니다. 그러나 사람들은 뒤에서 안토니가 없어서 회사가 어려워졌다며 저의 능력을 의심했고 저는 점점 초조해지기 시작했습니다. 바로 그 무렵 그 '신도시 사기단'을 만나게 된 것입니다. 그들은 나라에서 대단위 신도시를 건설할 예정이니, 아직 초기 단계인 지금 투자하면 몇 배의 이익을 남길 수 있다고 저를 유혹했습니다. 처음에는 저도 투자가 위험하다고 생각했지만 그동안 추락한 위신을 한번에 만회하고, 큰 이익을 얻을 수 있다는 말에 눈이 어두워 그만 투자를 시작했죠. 그러나 신도시 사업은 밑 빠진 독에 물 붓기 식으로 아무리 투자해도 이익이 남지 않았습니다. 결국 신도시 계획이 처음부터 조작된 사기였다는 것이 밝혀졌고 저는 모든 것을 잃고 빈털터리가 되었습니다."

그 말이 끝나자마자 마을 사람들이 갑자기 웅성거렸다.
그 순간 리처드 신부의 눈가에 이슬이 맺히는 게 보였다.

"모든 것을 잃고 자포자기한 생활을 하던 저에게 안토니
의 변호사라는 사람이 찾아왔습니다. 저는 안토니가 죽었
다는 소식을 듣는 순간 너무 놀라 그 길로 안토니의 집을
찾아갔습니다. 그리고 그가 마지막까지 살던 작은 아파트
에서 검소한 생활을 하며 신부가 되기 위한 공부를 했다는
걸 알게 되었습니다. 또한, 저에게 여러 번 편지를 보내 사
업상의 충고를 했고 그 중에는 신도시 건설 투자를 반대하
는 내용도 있다는 것을 알았습니다. 그러나 저는 안토니가
보낸 편지를 모두 읽지 않았죠. 설령 그때 그 편지를 읽었
다고 하더라도 저에게는 아마 별 소용이 없었겠지만 말입
니다. 그제야 저는 깨달았습니다. 안토니가 진정한 알맹이
였고 저는 껍데기에 불과했다는 사실을 말입니다. 그날부
터 저는 안토니의 꿈을 이루어주기로 마음먹고 신학 공부
를 시작했습니다. 그리고 안토니와 친분이 있던 수도원 원
장님의 도움으로 신부가 되었고 안토니의 유해도 그 수도
원에 안치할 수 있었습니다. 그 후 저는 이곳 버들마을로
발령을 받았던 것입니다."

리처드 신부의 이야기가 모두 끝났지만 그 누구도 자리

를 떠나려는 사람이 없었다.

　나무 할아버지는 리처드 신부가 이야기하는 동안 성당 안에 마을 사람들 말고 누군가 다른 존재가 함께 있다는 것을 느낄 수 있었다. 아마도 친구를 보기 위해 찾아온 안토니의 아름다운 영혼일 거라고 나무 할아버지는 믿었다.

미리내 강변의 돌멩이

버들마을 입구에는 '미리내'라는 커다란 강이 흐르고 있었다. 미리내 강변은 더운 여름날에는 시원한 나무 그늘에서 더위를 피하려는 사람들과 물놀이를 즐기는 아이들로 붐볐다. 그리고 겨울에는 스케이트와 얼음낚시를 즐기는 사람들로, 봄과 가을에는 강둑 주변에 피어나는 아름다운 꽃들과 아침 안개와 저녁노을을 즐기려는 사람들로 항상 북적였다.

나무 할아버지도 미리내 강변을 산책하는 것이 커다란 즐거움 중 하나였다. 오후가 다 되어 강변으로 산책을 나온 나무 할아버지는 휴일을 맞아 가족들과 함께 즐거운 시간을 보내고 있는 사람들의 모습을 보고 있자니 저절로 미소가 지어졌다.

그렇게 강변을 따라 걷던 나무 할아버지는 외떨어진 강둑에 홀로 쓸쓸하게 앉아 있는 알렉스를 발견했다. 알렉스는 무슨 고민이 있는지 땅바닥을 바라보며 크게 한숨을 내쉬었다.

"아니, 젊은 사람이 웬 한숨인가?"

나무 할아버지가 가볍게 나무라자, 알렉스는 고개를 들어 겨우 인사를 하고는 힘없는 목소리로 말했다.

"제 자신이 너무 한심해서 그렇습니다."

"사람이 자신을 너무 치켜세우는 것도 좋지 않지만 그렇다고 자신을 너무 낮추는 것도 바람직한 일은 아니네."

"할아버지 저를 보세요. 얼굴이 잘 생겼습니까, 아니면 다른 특별한 재능이 있습니까? 저기 있는 사람들은 다 행복해 보이는데 저는 이렇게 한숨만 짓고 있으니 얼마나 한심한 노릇입니까?"

"자네 생각에는 사람들이 처음부터 자네에게는 없는 무슨 특별한 재능을 타고났다고 생각하나?"

"저도 물론 다 그렇지는 않다고 생각하지만, 왜 어떤 사람들은 특별한 재능을 타고나 쉽게 성공하고 또 어떤 사람들은 아무런 재능도 없이 태어나 고생하며 살아가야 한다는 말입니까?"

알렉스가 따지듯 물었다.

"자네가 무슨 말을 하려는지 잘 알겠네. 내 자네가 조금 전에 한 질문에 대한 대답을 해줄 테니 기다리게."

잠시 후 나무 할아버지는 미리내 강변에서 커다란 돌멩이 하나를 들고 와서 알렉스에게 건네주었다.

"아니, 이것이 무엇입니까?"

나무 할아버지가 내민 돌을 얼떨결에 받아든 알렉스는 돌을 보며 물었다.

"이건 미리내 강변에 있는 돌이네."

"이게 제 질문과 무슨 상관이 있단 말입니까?"

"우선 이 돌을 가지고 가서 만나는 사람들에게 이 돌이 어느 정도의 가치가 있는지 물어보고 오게."

"아니, 이런 강가에 있는 돌이 무슨 가치가 있다고 사람들에게 물어보라는 말입니까?"

알렉스는 어이없다는 듯이 다시 물었다.

"자네가 보기에는 이 돌이 별로 가치가 없는 듯이 보이지만 내가 보기에는 아주 귀중한 돌이니 소중히 다루도록 하게. 한 가지 주의할 것은 사람들에게 그 돌의 가치를 물을 때 아주 정중하게 물어야 한다는 것이네."

나무 할아버지의 재촉에 떠밀려 알렉스는 마을을 향해 떠났다. 그런데 한참이 지난 후에 돌아온 알렉스는 잔뜩 상기된 표정을 하고 있었다.

"그래, 사람들이 자네의 물음에 대답을 잘 해주던가?"

"처음에는 사람들이 돌의 가치를 묻는 제 질문을 듣고

마치 이상한 사람인 듯 쳐다보았지만 제가 진지하게 다시 묻자, 몇 사람이 돌을 자세히 살펴보고는 자기 나름대로 가치를 말해 주었습니다."

"그래, 이 돌의 가치가 어느 정도라고 하던가?"

"이 돌의 가치는 이야기하는 사람마다 모두 달랐지만 크게 세 가지였습니다. 처음에 건설업을 하는 사람을 만났을 때 제가 돌의 가치를 물으니 그는 돌을 한 번 보고는 '이 정도의 돌은 우리가 작업할 때 땅을 메우거나, 콘크리트를 만들 때 넣을 정도밖에 되지 않으니 가치라고 해 보았자 1달러도 안 될 것 같군.' 하고 말했죠. 두 번째는 관광 기념품을 만드는 사람이었는데 그는 '이 정도의 돌멩이로 기념품을 만든다면 약 10~20달러는 받을 수 있겠군.' 하고 말했습니다. 그리고 자신을 조각가라고 소개한 사람은 '내가 예전에 이것만 한 돌로 조각을 한 적이 있었는데 3만 달러에 팔았지. 그러니 이 돌도 그만한 가치가 있다고 할 수 있겠군.' 이라고 말하는 것이었습니다."

"그래, 그럼 자네 생각에는 왜 같은 돌인데도 그렇게 사람마다 말하는 가치가 다르다고 생각하는가?"

"그것은…… 이 돌을 사용하는 방법이 서로 다르기 때문이 아닐까요?"

알렉스는 잠시 주저하더니 약간 자신이 없는 목소리로

대답했다.

"잘 맞추었네. 자네가 직접 들었듯이 강가의 돌멩이라도 어떻게 다듬느냐에 따라서 보석보다 더한 가치가 있을 수 있는데 어찌하여 자네는 그저 재능이 없다고 한탄만 하고 있단 말인가. 만일 모든 사람들이 왜 나는 보석이 아니라 돌을 가졌냐고 한탄만 한다면 이 세상은 어떻게 되겠나?"

나무 할아버지의 말에 알렉스는 얼굴을 붉히며 고개를 숙였다.

"제 생각이 짧았습니다. 저는 타고난 재능과 좋은 여건이 없음만 탓했지, 남들이 열심히 노력하여 스스로의 재능을 계발하고 자신의 가치를 높였다는 것을 몰랐습니다. 이제는 재능이나 여건을 탓하기보다는 저의 가치가 더욱 높아질 수 있도록 노력하겠습니다."

"자네가 그렇게 말을 하니, 내 오늘 있었던 일을 잊지 말라는 뜻에서 그 돌을 자네에게 선물로 주겠네."

알렉스는 나무 할아버지에게 감사의 인사를 하고는 소중하다는 듯이 돌을 품속으로 끌어당겼다. 마치 그동안 낭비한 시간을 조금이라도 만회하려는 듯이……

영혼을 담은 그림

길버트와 칩 그리고 해리는 학교에서 청소가 끝나자마자 자전거에 올라타고 공원으로 향했다. 그들이 그렇게 서둘러 공원에 가는 이유는 오늘이 일주일에 한 번 나무 할아버지가 아이들에게 이야기를 들려주는 날이기 때문이었다.

예전에 아이들이 이야기를 해 달라고 하면 거절하지 않았던 나무 할아버지가 일주일에 한 번으로 횟수를 정한 데에는 그만한 이유가 있었다. 할아버지의 이야기가 너무 재미있자 아이들이 매일 이야기만 해 달라고 하고, 공부나 심부름 등 다른 일은 하지 않으려고 해서 나무 할아버지가 그렇게 약속을 정한 것이었다.

아이들은 일주일에 한번 나무 할아버지의 이야기 시간을 무척 기다렸다. 길버트, 칩, 해리는 한 번도 쉬지 않고 자전거 패달을 밟느라 힘이 들었는지 공원에 도착해서도 한참 동안 숨을 몰아쉬었다. 몸이 둔한 밥은 다른 친구들을 쫓아오느라 거의 쓰러질 지경이었다. 나무 할아버지는 늦게 도착한 아이들이 자리에 앉는 것을 보고는 미소를 지으며 입을 열었다.

"그래, 오늘은 무슨 이야기를 해줄까?"

아이들의 얼굴을 쳐다보던 나무 할아버지는 아직도 붉게 상기된 얼굴로 숨을 고르고 있는 밥을 보자 좋은 생각이 났다.

"그래, 오늘은 동그란 원을 그리는 연습만 하던 사람이 천하제일의 화가가 된 이야기를 해주마."

옛날에 천하제일로 손꼽히는 유명한 화가가 있었다. 그는 나이가 들자 세 명의 제자를 받아들였다. 첫째와 둘째 제자는 하나를 가르쳐주면 열을 알 정도로 총명할 뿐만 아니라 얼굴도 잘생기고 몸도 건장했다. 그런데 셋째 제자는 열에 하나도 잘 이해하지 못할 뿐만 아니라 키도 작고 못생긴 것이 영 볼품이 없었다.

그러자 주위 사람들은 셋째의 자질이 너무 떨어져 스승의 그림솜씨를 배울 수 없을 거라며 그를 집으로 돌려보내라고 충고하곤 하였다. 그러나 그 때마다 스승은 "당장 눈에 보이는 결과만으로 사람을 판단할 수 없다."면서 셋째 제자도 다른 두 제자들과 똑같이 가르쳤다.

그렇게 10년의 세월이 지난 어느 날, 스승은 제자들을 불러놓고 말했다.

"이제, 너희들은 나에게 배워야 할 것은 모두 배웠다. 이제는 이곳을 떠나 세상에 나아가 공부를 하고 5년 후에 다시 돌아오도록 하여라."

스승의 명으로 세상으로 나간 세 명의 제자들은 서로 흩어져 열심히 그림을 공부했다. 그렇게 1년이 지나자 첫째와 둘째 제자의 명성은 점점 높아져 갔다. 그들은 뛰어난 솜씨로 어디에 가든지 환영을 받았다. 그러나 제대로 그림을 그리지 못한 셋째 제자는 어디에서도 환영받지 못했을 뿐 아니라 잠잘 곳마저 없어서 대부분 거리에서 잠을 자야 하는 신세가 되었다.

셋째 제자는 그 날도 역시 잘 곳을 마련하지 못하여 거리를 방황하다 피곤한 몸을 쉬기 위하여 나무 아래 바위에 걸터앉았다. 하늘에 떠 있는 별을 보고 있자니 자신의 처지가 너무 한스러워 모든 것을 포기하고 스승 곁으로 돌아갈까 생각하였다. 그러다가 문득 스승의 곁을 떠나기 얼마 전 그림이 잘 그려지지 않아 한탄하고 있을 때 스승이 해주었던 말이 떠올랐다.

"만일 그리고자 하는 그림을 그리기 어렵다고 생각하면 먼저 동그라미를 그리는 연습을 하여라. 세상에서 가장 완벽한 동그라미를 그릴 줄 알게 된다면 네가 그리고자 하는 그림을 그릴 수 있을 것이다."

스승의 말을 밤새도록 생각하던 셋째 제자는 날이 밝자 무엇인가 결심한 듯 자리에서 일어섰다.

"그래, 스승님 말씀대로 먼저 세상에서 가장 완벽한 원을 그리는 연습을 해야겠다."

셋째 제자는 그 길로 산 속으로 들어가 오직 완벽한 동그라미를 그리기 위해 피나는 연습을 했다.

어느덧 세월이 흘러 약속한 5년이 다 되어 세상에 나갔던 세 명의 제자들이 스승의 곁으로 돌아왔다.

그들이 모두 무사히 돌아온 것을 본 스승은 기뻐하며 그동안 배운 것을 한 번 그려보라며 종이 한 장씩을 내주었다. 첫째와 둘째 제자는 세상에 나가 이름을 떨친 만큼 자신에 차서 그림을 그리기 시작하였다. 그러나 셋째 제자는 친구들이 그림 그리는 모습을 보고 자신감을 잃어 아무것도 그릴 수 없었다.

스승은 제자들이 그림 그리는 모습을 보며 고개를 끄덕이다가 셋째 제자가 아무것도 그리지 못하고 있는 것을 보고는 "아무 거라도 상관없으니 네가 그동안 공부한 것을 그려보도록 하여라." 하고 자상하게 말했다.

스승의 격려에 힘을 얻은 셋째 제자는 머뭇거리다 종이

에 그동안 자신이 매일 연습한 원을 천천히 그렸다. 다른 제자들은 셋째가 원을 그리자 억지로 웃음을 참으려 노력하였다. 하지만 원을 다 그리고 난 셋째는 얼마나 공을 들였는지 온몸이 땀투성이가 되었다. 스승은 셋째 제자가 종이에 그려놓은 원을 보며 고개를 끄덕이더니 제자들에게 말했다.

"모두 열심히 공부한 것 같아 매우 기쁘구나. 그 중에서도 셋째의 그림이 가장 눈부시구나."

스승의 평가에 두 제자들은 물론이고 셋째 제자조차 크게 놀랐다. 그들은 어떻게 단순한 원이 화려한 그림보다 낫다고 하는지 이해하지 못하겠다는 듯한 표정이었다. 이윽고 첫째 제자가 조심스럽게 물었다.

"스승님, 어찌 저희들의 그림이 셋째가 그린 단순한 원보다 못하단 말입니까?"

"지금은 너희들에게 그 이유를 알려주어도 이해하지 못할 것이니 밤에 다시 이곳으로 오도록 하여라. 그때 그 이유를 이야기해 주마."

스승은 그 말만 남기고 제자들을 돌려보냈다.

그날 밤 제자들이 스승의 방에 다시 모였을 때 스승은 낮에 그린 그림을 펼쳐놓고 방안의 불을 모두 껐다.

"잘 보아라."

그러자 컴컴한 방안에서 셋째 제자가 그린 원에서 은은한 빛이 나오는 것이 보였다. 그 광경에 놀란 듯 제자들이 탄성을 질렀다.

"그림을 그릴 때는 그 어떤 기교보다 그림에 생명을 불어넣으려는 혼신의 힘이 필요한 것이다. 비록 셋째가 그린 것이 단순한 원이기는 하지만 이 그림에는 혼신의 힘이 담겨 있기 때문에 이렇게 빛이 나는 것이다. 지난 세월 동안 자신의 모든 것을 바쳐 오직 원 그리는 연습만을 꾸준히 한 결과이다. 셋째의 그림은 단순한 그림이 아니라 자신만의 생명을 갖게 된 것이다. 첫째와 둘째의 그림이 아무리 실물과 똑같다 하여도 그 안에 생명이 없다면 단순한 기교를 부린 것에 불과하다."

첫째와 둘째 제자는 스승의 말에 부끄러워 얼굴을 들지 못했다.

"그 일이 있은 후 셋째 제자는 자신감이 생겨 더욱 열심히 공부하여 스승을 뛰어넘는 훌륭한 화가가 되었단다."

나무 할아버지의 이야기가 모두 끝나자 아이들은 이야기를 하나 더 해 달라고 졸랐다. 하지만 날이 어두워지기 시작했기 때문에 나무 할아버지는 다음주를 약속하고 아이들을 달래서 집으로 돌려보냈다.

서둘러 돌아가는 아이들 사이에서 밥은 무엇인가 나무 할아버지에게 하고 싶은 말이 있는지 머뭇거렸다. 아마도 화가의 꿈을 안고 있는 밥에게 오늘 이야기가 무척이나 흥미로웠던 모양이었다. 하지만 밥은 친구들이 부르는 소리에 아쉬운 표정을 지으며 언덕길을 달려 내려갔다.

세상에서 가장 아름다운 노래

버들마을에는 마을 사람들로 구성된 이 지역에서 제법 유명한 '엔젤 합창단'이 있었다. 엔젤 합창단이 1년에 두 번 하는 정기공연을 앞두고 한창 연습 중일 때 버들마을에 놀라운 소식이 전해졌다. 그것은 음악 잡지 중 가장 유명한 《보이스》의 기자가 합창단을 취재하러 오고 싶다고 연락해 왔다는 것이다.

합창단원들은 그 잡지의 오래된 애독자들이라 자신들의 이야기가 잡지에 나온다는 사실에 모두 들떠 연습을 제대로 할 수 없을 정도였다. 그래서 잡지사 기자인 아론이 취재하러 온 날은 너무 긴장해서였는지 화음이나 음정이 맞지 않는 등 자꾸만 실수를 했다. 하지만 아론은 이미 그런 사정을 잘 아는지 합창단이 다시 화음을 맞춰볼 수 있는 시간을 주었다. 그렇게 연습이 끝난 후 아론은 합창단원들의 사진도 찍고 인터뷰도 하였다.

연습과 취재가 모두 끝나자 단원들은 언제나처럼 함께 식사를 하러 가며 아론을 초대하였다. 아론과 단원들은 식사를 마치고 차를 마시며 음악에 대한 여러 가지 이야기를 나누었다. 단원 중 한 명이 아론에게 물었다.

"보이스에 근무한 지 오래되었으니 그동안 많은 합창단과 여러 성악가를 만났겠군요?"

"네. 세계 정상을 다투는 성악가부터 사람들이 지나다니는 거리에서 홀로 노래 부르는 거리의 가수까지 많은 사람들을 만나보았습니다."

"그럼 당신이 여태껏 들어본 노래 중에 가장 아름다운 노래는 어떤 거였는지 말해 주실 수 있습니까?"

아론은 잠시 생각하다가 대답을 하였다.

"그동안 여러 성악가와 합창단을 만났고 그들의 노래가 모두 훌륭했기 때문에 가장 아름다운 노래를 고르는 것은 무척 어려운 일입니다. 하지만 그래도 고르라면 제가 기억하는 가장 아름다운 노래는 중학교 다닐 때 들었던 노래입니다."

아론의 입에서 세계적으로 유명한 가수의 이름을 기대하였던 합창단원들은 아론의 대답에 모두 의아해 하며 다시 물었다.

"아니, 그 노래가 어떤 곡이었기에 세계적인 성악가들의 노래보다도 더 아름다웠다는 말인가요?"

"그 노래에는 약간의 사연이 있습니다."

아론은 마치 아름다운 꿈을 꾸는 듯한 표정으로 자신이 들었던 세상에서 가장 아름다운 노래에 얽힌 사연을 이야기했다.

나는 중학교 때 합창단원이었습니다. 그러나 노래하는 것을 좋아한 게 아니라 합창단에 있는 메리라는 여자아이를 좋아했기 때문에 열심히 합창단에 다녔던 거지요. 메리는 얼굴도 예쁘고 집도 부자인데다 노래도 잘 불러서 우리 학교 남학생 모두에게 동경의 대상이었습니다.

우리 합창단도 가끔 발표회를 갖곤 하였는데 언제나 발표회의 하이라이트는 마지막에 있는 독창이었습니다. 그것은 합창단에서 가장 노래를 잘하는 사람이 부르곤 하였는데, 단골로 독창을 부르던 수지가 전학을 갔기 때문에 다시 뽑아야 했어요. 대부분의 단원들은 다음 독창자로 메리가 될 거라고 생각하고 있었습니다. 그러나 우리들의 생각과 달리 지휘자 선생님은 세리를 독창자로 정하는 것이었습니다.

세리는 1년 전 우리 학교로 전학 온 학생으로, 집도 가난하였고 내성적인 성격이라 친구를 잘 사귀지 못하여 합창

46

단 안에서도 그렇게 눈에 띄는 아이가 아니었습니다. 잔뜩 기대하고 있던 메리는 그 충격으로 합창단에 나오지 않았고, 우리들은 무언의 약속이라도 한 듯 모두 세리를 못살게 굴었습니다.

그러나 세리는 우리들의 장난에도 아랑곳없이 열심히 발표회 연습에 참여했습니다. 철없는 생각에 나는 그만 몇몇 친구들과 함께 그녀의 어머니가 공들여 만들어준 무대복을 가위로 찢어놓고 말았습니다. 나는 아직도 찢어진 무대복을 슬픈 눈으로 바라보던 세리의 모습을 잊을 수가 없습니다.

그 후에 세리는 연습에 나오지 않았고, 그렇게 되자 자연스럽게 메리가 독창을 맡게 되었습니다. 며칠 뒤 나는 소원대로 메리와 사귀게 되었지만 웬일인지 마지막 본 세리의 슬픈 얼굴이 머리에서 떠나지 않았습니다.

발표회가 있던 날 밤, 나는 무엇에 끌리기라도 하듯 발표회 중간에 강당을 빠져나와 세리의 집으로 갔습니다. 세리의 집은 마을에서 좀 떨어진 숲 속에 있었는데 나는 가는 길에 숲 속 한가운데 달빛을 받고 서 있는 세리의 모습을 발견했습니다. 호기심에 그녀가 무엇을 하는지 보려고 나도 모르게 큰 밤나무 뒤에 몸을 숨겼습니다.

세리는 마치 무대에 나오기라도 하듯 천천히 걸어 나와

사방에 인사를 하고는 천천히 독창회에서 부를 예정이었던 노래를 부르기 시작했습니다.

"왜 사람들은 싸움을 하는 것일까요. 왜 사람들은 서로 미워하는 것일까요. 사랑만 하기에도 부족한 시간에……."

달빛을 조명 삼아 노래 부르는 세리의 모습은 너무 아름다워 마치 천사가 그녀의 몸을 빌려 노래를 하는 듯 경건함까지 느껴질 정도였습니다. 나는 그녀가 노래를 끝내고 숲을 향하여 인사를 하고 그곳에서 사라질 때까지 조금도 움직일 수 없었습니다.

그로부터 얼마 후에 세리가 다른 곳으로 이사를 가는 바람에 나는 사과할 기회를 영영 놓치고 말았습니다. 하지만 그날 내가 들었던 세리의 노래는 지금껏 들었던 그 어떤 노래와 비교할 수 없는 가장 아름다운 노래였습니다.

아름다운 영혼

외지에서 차를 타고 버들마을로 들어오기 위해서는 미리내 강을 가로지른 다리를 건너야 했다. 그 다리를 건너기 전에 왼쪽으로 작은 도로가 나 있는데 그 길을 따라 조금 올라가다 보면 도로 끝에 시립 아동 병원이 있었다.

아동 병원에는 훌륭한 의사와 간호사들이 많이 있었지만 어린 환자를 돌보는 일은 손이 많이 가는 일이라 병원 안의 인력만으로는 항상 일손이 부족했다. 그래서 버들마을 사람들이 시간이 나는 대로 찾아가 자원봉사로 병원 일을 돕곤 하였다.

나무 할아버지도 일주일에 두 번 병원을 찾아가 입원한 아이들에게 재미있는 이야기를 해주곤 하였다. 병원에 입원한 아이들은 비록 몸은 병들었어도 건강한 아이들보다 더 밝고 순수한 마음을 간직하고 있었다. 그런 아이들을 만나는 것은 나무 할아버지에게도 커다란 즐거움이었다.

그날도 아이들을 만나고 마을로 돌아가려던 나무 할아버지는 간호사에게서 어린이를 전문으로 상담하는 의사인 엘리사가 만나고 싶어 한다는 연락을 받고 그의 사무실로 찾아갔다. 엘리사는 병원에 입원한 아이들의 상담을 맡고 있었는데 훌륭한 의사로서의 능력 못지않게 재치와 유머가 넘쳐서 아이들에게 인기가 많았다.

"그래, 무슨 일로 나를 보자고 한 건가?"

엘리사가 권하는 의자에 앉으며 나무 할아버지가 물었다.

"할아버지께 한 가지 부탁이 있어서 연락을 드렸습니다."

"나한테 부탁이 있다고?"

"네, 할아버지께서 누구를 좀 만나 주셨으면 해서요. 여기서 이야기할 것이 아니라 잠시 저와 함께 가시지요."

엘리사는 이층 구석에 있는 병실로 나무 할아버지를 안내했다. 병실에는 이름모를 의료 장비가 가득 차 있었고, 그 사이에서 한 아이가 잠들어 있었다. 의료 장비에서 나는 소리 때문에 잠든 아이의 숨소리조차 들리지 않았다. 엘리사는 나무 할아버지에게 잠들어 있는 아이에 대하여 설명해 주었다.

한 달 전에 입원한 조던은 어렸을 때 생활고와 가정 폭력을 견디지 못하고 어머니가 집을 나간 후 주정뱅이가 된 아버지의 온갖 학대를 받으며 자랐다. 그는 조던을 학교에

보내지 않고 거리로 내보내 구걸을 시켰고, 그렇게 벌어온 돈을 술값으로 써버려 조던은 굶기를 밥 먹듯 하였다. 그런 날이 반복되자 조던은 영양 부족으로 제대로 크지 못하여 또래의 아이들보다 훨씬 작은 아이가 되었다.

그렇게 어렵게 생활하는 동안에도 조던은 항상 웃음을 잃지 않고 지냈지만 시간이 지나도 생활은 조금도 변하지 않았다. 그러던 중 아버지가 술집에서 싸움을 벌여 감옥에 가는 바람에 조던은 어린이 보호 시설로 가게 되었다.

그런데 그곳의 생활에 적응하기가 힘들었는지, 조던은 점점 말수가 적어졌고 언제부터인지 정확히 알 수는 없지만 그 누구와도 말을 하지 않았다. 그러다가 몇 달 전 무료 급식소에서 줄을 서 있다 쓰러졌는데, 병원에서 정밀 검사를 받은 결과 불치병에 걸려 길어야 1년 정도밖에 살 수 없다는 진단이 나왔다. 조던은 그 병원에 한 달 정도 있다가 안정이 필요하다는 담당 의사의 판단으로 공기 좋고 조용한 버들마을의 아동 병원으로 오게 된 것이다.

이런 조던에게 연민의 정을 느낀 엘리사는 그의 마음의 문을 열기 위하여 여러 가지 노력을 하였다. 하지만 조던은 조금도 마음의 문을 열지 않았을 뿐만 아니라 여전히 한마디도 하지 않았다. 조던의 병세는 점점 더 악화되었고 엘리사는 마지막 수단으로 나무 할아버지에게 도움을 청한 것이었다.

그 후 나무 할아버지는 조던에게 자주 들러 그 애가 듣든 말든 침대 곁에 앉아 재미있는 옛날이야기를 들려주었다. 그리고 돌아갈 때에는 조던을 가볍게 안아주었다. 시간이 지날수록 조던의 병세는 점점 심해져 하루의 대부분을 잠을 자면서 보냈지만 신기하게도 나무 할아버지가 찾아오는 시간에는 언제나 깨어 있었다. 반가움을 말로 표현하지는 않았지만 그것은 조던이 최초로 보인 무언가에 대한 관심 표명이었다. 이야기를 듣는 조던의 두 눈은 마치 건강한 아이처럼 생기가 있어 보였다.

그렇게 몇 달이 지난 뒤 나무 할아버지는 이제 조던과 함께 할 생명의 등불이 얼마 남지 않았다는 것을 엘리사에게 듣게 되었다. 그래서 될 수 있으면 조던이 좋아하는 가브리엘 천사 이야기를 자주 해주었다.

사람들이 노아의 홍수가 준 교훈을 잊어버리고 다시 타락의 길을 걷자 보다 못한 여러 천사들이 하느님에게 다시큰 홍수를 일으켜 사람들을 벌하자고 청하였다. 하느님이 지상의 인간을 불쌍히 여겨 결정을 내리지 못하고 망설이고 있을 때 대천사 가브리엘이 나서며 말했다.

"하느님, 비록 지상에 타락한 사람이 많기는 하지만 아직 아름다운 영혼을 가진 사람도 많이 있습니다. 그러니 한 번 더 기회를 주는 것이 좋을 것 같습니다."

그러나 다른 천사들은 이미 타락할 대로 타락하여 더 이상 아름다운 영혼을 가진 사람은 없다며 빨리 처벌할 것을 주장하였다. 그러자 하느님은 양쪽의 의견을 모두 듣고는 가브리엘에게 말했다.

"가브리엘, 네가 만일 아직도 지상에 아름다운 영혼이 있다는 증거를 나에게 보여준다면, 지상의 인간들에게 다시 한 번 기회를 주도록 하마. 그러나 그렇지 못할 때에는 그들에게 벌을 내리겠다."

하느님의 명을 받은 가브리엘은 그 길로 지상으로 내려와 아름다운 영혼을 가진 사람을 찾았다. 그러나 가브리엘이 세상의 여러 곳을 돌아다녀 보아도 아름다운 영혼을 찾는 것은 그리 쉽지 않았다.

나무 할아버지가 거기까지 이야기하였을 때 조던은 이야기를 듣느라 피곤하였는지 어느새 두 눈이 감겨 있었다. 편안한 모습으로 잠든 조던을 바라보며 나무 할아버지는 병실을 나왔다.

그러나 그날 저녁 늦게 엘리사가 몹시 다급한 모습으로 나무 할아버지를 찾아왔다.

"할아버지, 조던이 위급하다는 연락이 와서 병원에 가는 길인데 함께 가지 않으시겠어요?"

사태가 심상치 않음을 느낀 나무 할아버지는 조던이 걱정되어 엘리사와 함께 병원으로 갔다. 병원으로 가는 차 안에서 나무 할아버지는 평소 가깝게 느껴지던 병원이 그날따라 무척 먼 거리처럼 느껴졌다. 나무 할아버지가 병실에 들어섰을 때 의사와 간호사의 표정에서 이미 상황이 절망적인 것을 알 수 있었다.

그때 힘겹게 눈을 뜬 조던은 나무 할아버지를 발견하고는 희미한 목소리로 "할—아버지." 하고 불렀다. 그것은 조던이 침묵한 후에 처음으로 하는 말이었다. 나무 할아버지는 조던의 곁으로 다가가 손을 잡아주었다.

"할아버지, 저는 이제 어디로 가게 되는 걸까요?"

조던은 약간 떨리는 목소리로 묻고는 힘이 들었는지 잠시 숨을 골랐다.

"저는 또다시 혼자가 되는 것이 두려워요."

나무 할아버지는 조던의 머리를 부드럽게 쓰다듬으며 말했다.

"조던, 아름다운 영혼을 찾는 가브리엘 천사를 기억하고 있니?"

조던은 가볍게 고개를 끄덕였다.

"내가 조금 전 이곳에 오는 길에 아름다운 영혼을 찾아다니고 있는 천사 가브리엘을 만났단다. 천사는 나를 보자 하늘나라에 돌아갈 시간이 다 되었는데 아름다운 영혼을 찾을 수가 없다며, 그러한 영혼이 있는 곳을 알면 좀 가르쳐 달라고 부탁하였단다. 그래서 나는 조던이라는 소년이 있는데 그 애가 아름다운 영혼을 가졌으니 찾아가 보라고 말했단다. 조던, 그러니까 네가 어디로 갈지 무서워하거나 혼자 될까봐 두려워하지 말거라. 너는 조금 있으면 천사 가브리엘과 함께 하늘나라에 올라가서 하느님을 만나 뵙게 될 테니……."

나무 할아버지의 말에 조던은 건강한 아이같이 두 뺨이 붉어지더니 두 눈을 별보다 더 아름답게 빛내며 물었다.

"할아버지, 그게 정말이에요!"

"그럼 정말이고말고. 나중에 하느님을 만나 뵙거든 이 세상에 있는 사람들을 위하여 이야기 좀 잘 해주렴."

조던은 밝은 미소를 지으며 나무 할아버지의 손을 어루만졌다.

"할아버지, 걱정하지 마세요. 제가 하느님을 만나면 아직도 이 세상에는 아름다운 영혼을 가진 사람들이 많이 있다고 잘 얘기할게요."

조던은 미소를 지은 채 편안한 잠을 자듯 두 눈을 감았다.

나무 할아버지는 지상에 내려와 있는 가브리엘 천사가 조던을 데리고 하늘나라로 올라가는 것을 보고 손을 흔들어주었다. 사랑과 감사의 빛이 내려와 두 사람을 감싸고 천천히 사라져갔다.

흐르는 강물처럼

윌리엄은 살아가면서 지금처럼 결정하기 어려운 문제가 생기거나 중요한 결정을 내려야 할 때면 항상 생각나는 사람이 있었다. 오래 전 젊었을 때 여행 도중 우연히 만났던 나무 할아버지였다. 비록 짧은 만남이었지만 어느 한적한 마을에서 만난 나무 할아버지와의 인연은 윌리엄의 인생에 큰 변화를 주었다.

윌리엄이 나무 할아버지를 만나게 된 것은 대학 졸업을 앞두고 생각을 정리하기 위하여 무작정 떠났던 여행길에서였다. 그는 사회에 나가기 위한 준비를 하며 불확실한 미래에 대한 불안과 어떻게 해야 올바른 삶을 살 수 있을까 고민하던 중이었다.

윌리엄은 바다를 보러 가던 길에 차를 갈아타기 위하여 버들마을이라는 곳에 잠시 들르게 되었다. 그곳에서 다음

차 시간까지 여유가 생기자 윌리엄은 시간을 보내기 위하여 마을 구경에 나섰다.

한참 마을을 구경하던 윌리엄은 언덕 위에 있는 공원을 발견하고 잠시 쉬기 위하여 공원 안으로 들어갔다. 쉴 곳을 찾던 윌리엄은 공원 뒤쪽에 마을 전체가 보이는 경치 좋은 곳을 발견하고 나무의자에 앉았다. 그러나 마음이 복잡한 윌리엄에게는 아름다운 경치가 눈에 잘 들어오지 않았다.

"이 마을에서 못 보던 청년인데 여행 중인가?"

윌리엄은 고개를 돌려 소리 난 곳을 바라보았다. 자신에게 말을 한 사람이 태양을 등지고 있어서 목소리의 주인공을 똑바로 바라볼 수 없었다. 잠시 후 햇빛에 눈이 어느 정도 익숙해지고 나서야 윌리엄은 자신에게 말을 건 사람을 바라볼 수 있었다. 나이를 알 수 없는 한 노인이 인자한 미소를 지으며 서 있었다.

"네, 바다를 보러 가는 길에 차 시간에 여유가 생겨 잠시 이곳을 구경하고 있는 중입니다."

"그런데 무슨 고민이 있나?"

"왜 그렇게 물으시지요?"

"조금 전 자네 표정을 보니 여행의 즐거움은 없고 잔뜩 찌푸린 것이 마치 큰 고민이 있는 사람 같아 보여서 그러네."

월리엄은 잠시 머뭇거리다 자신의 마음 속 고민을 이야기하기 시작하였다. 평소 남에게 속마음을 잘 이야기하지 않는 성격인 윌리엄이 처음 보는 할아버지에게 스스럼없이 자신의 이야기를 했던 것이다.

"저는 얼마 있으면 대학을 졸업하고 사회로 나가게 됩니다. 그동안은 학교를 다니면서 학교 공부와 부모님의 결정에 모든 것을 따르는 생활에 익숙해져 있었습니다. 그런데 이제부터 모든 것을 제 스스로 결정해야 한다는 것이, 그러한 준비가 되어 있지 않은 제 자신이 걱정입니다. 이번 여행도 그러한 걱정을 조금 덜어 보기 위하여 떠나온 것이지만 날짜만 지났지 아직까지도 이렇다 하게 제 걱정을 해소할 만한 방법을 찾지 못했습니다."

"정말 어려운 문제로군. 그러나 올바른 결정을 내리는 방법이 생각나지 않는다면 다르게 한 번 생각해 보는 것이 어떤가?"

"다르게 생각해 보라고요?"

"그래, 올바른 결정을 내리려면 먼저 올바르게 보는 노력을 하는 것이 어떻겠나?"

"올바르게 보는 노력이라고요?"

"그래, 사물을 올바르게 보지 않는다면 올바른 결정을 내리지 못하는 것 아닌가?"

"할아버지, 그럼 올바르게 본다는 것은 무엇을 말하는 것입니까?"

"올바르게 본다는 것은 단순히 보이는 것만 보지 않고 그 사물의 흐름을 이해하는 것이지."

"사물의 흐름을 이해해야 한다구요?"

윌리엄은 여전히 할아버지의 말이 이해가 되지 않았다.

"그래, 자네도 서커스 공연을 본 적이 있겠지. 마술을 부리듯 한 사람이 여러 개의 곤봉을 던지고 받는 것은 아무나 할 수 없는 일이지. 그것은 단순히 눈에 보이는 것만 보지 않고, 눈에 보이지 않는 전체의 리듬과 흐름을 보고 있기에 가능한 것이네. 마치 흐르는 강물처럼 말이지. 상류에서 흐르는 물이 자연스럽게 하류로 흘러가는 것처럼 모든 사물은 전체를 아우르는 이치에 따라 자연히 흘러가는 것이네. 전체의 흐름에 따라 움직이고 판단한다면 자네가 말한 올바른 결정을 내릴 수 있지 않겠나."

"무슨 말씀인지는 어렴풋이 이해는 하지만 그것도 그리 쉬운 것은 아니지 않습니까?"

"그럼 자네는 원하는 것이 하루아침에 이루어질 수 있다고 생각했단 말인가?"

나무 할아버지의 가벼운 책망에 윌리엄은 금새 얼굴이 붉어졌다.

"그런 것은 아니지만 너무 막연해서……."

할아버지는 웃으며 말했다.

"좋아, 그러면 내가 한 가지 더 알려주지. 자네가 바라보는 사물에 대한 집착을 끊으면 조금 더 자유로워질 수 있을 걸세. 그저 흐르는 강물처럼 자연의 이치를 거스르지 않는 마음으로 살게나. 모든 것은 다 물 흐르듯 이루어지게 되어 있네. 이것 역시 쉽게 이루어지는 것은 아니지만 자네는 아직 젊으니 열심히 노력한다면 원하는 것을 얻을 수 있을 것이네."

윌리엄은 나무 할아버지와의 이야기에 푹 빠져 시간 가는 줄 몰랐다. 문득 시계를 보니 버스 출발 시간이 얼마 남지 않은 것을 알고는 당황하여 자리에서 벌떡 일어났다. 그는 나무 할아버지에게 간단하게 인사만 하고 정류장 쪽으로 급하게 달려갔다.

윌리엄은 가끔씩 나무 할아버지가 생각났지만 이름과 얼굴밖에 기억하는 게 별로 없어서 이런저런 신상을 물어보지 못한 것을 후회했다. 하지만 언제부터인가 서로의 신상에 대해 안다는 것은 그렇게 중요하지 않다는 것을, 오히려 그런 것들이 상대를 바라보거나 이해하는 데 방해가 될 뿐이라는 것을 깨닫게 되었다.

다시 그때의 일이 생각나자 윌리엄의 얼굴에 저절로 미소가 떠오르며 자신 앞에 놓인 문제를 그리 어렵지 않게 결정할 수 있었다. 윌리엄은 이번 주말에는 꼭 나무 할아버지를 만나러 버들마을에 가보아야겠다고 생각하며 힘차게 사무실을 나왔다.

대나무의 가르침

　주변에 있는 도시들이 점점 커짐에 따라 버들마을에도
여러 가지 변화가 찾아왔다. 그 중에 가장 큰 변화는 마을
사람들이 대대로 하던 농사일을 그만 두고 장사를 시작하
거나 도시로 나가 취직을 하는 것이 유행처럼 번진 것이었
다. 이제 버들마을에서 농사를 짓는 사람은 몇 년 전에 비
해 그 숫자가 반도 되지 않았다.

　그러나 대부분의 마을 사람들과 달리 버들마을에서 가
장 크게 농사를 짓는 빌만은 오히려 남들이 농사짓기를 포
기한 땅을 사들여 더욱 농장을 크게 늘려가고 있었다.

　주위의 많은 사람들이 그에게 이제는 농사짓는 것을 그
만 두고 땅을 팔아 편하게 살라고 충고하였지만 빌은 사람
들의 말에 조금도 귀 기울이지 않고 농사일만 묵묵히 할
뿐이었다. 마을 사람들은 그런 빌을 두고 '고집쟁이 빌' 이
라고 불렀다.

그러던 어느 날 빌에게 데니스라는 청년이 찾아왔다. 데니스는 커다란 덩치에 어울리지 않게 앳되어 보이는 청년이었다.

　"그래, 무슨 일로 나를 찾아왔나?"

　"저는 학교를 졸업하면 농사를 지을 생각입니다. 그래서 주말에 시간이 나면 여러 농장을 방문하여 견학을 하고, 방학 때에는 농장에서 일을 거들면서 농사짓는 기술을 배우고 있습니다. 이 농장이 버들마을에서 가장 크다는 이야기를 듣고 찾아왔습니다."

　빌은 데니스를 찬찬히 살펴보았다.

　"자네 농사를 지어 본 적은 있나?"

　"제 손으로 직접 농사를 지어 본 적은 없지만 제가 어렸을 때에는 저희 집도 농사를 지었습니다. 그러나 아버지가 빚보증을 잘못 섰다가 땅을 잃는 바람에 도시로 이사를 왔습니다. 제 꿈은 다시 그 땅을 되찾아 농사를 짓는 것입니다."

　집에 땅이 있어도 농사를 짓지 않으려는 요즘 젊은이들과 달리 땅을 찾아 농사를 짓겠다는 데니스가 마음에 들어, 빌은 직접 농장 구석구석을 친절히 안내해 주었다. 농장을 거의 다 보았을 때쯤 데니스가 무엇인가 하고 싶은 말이 있는 듯 머뭇거리자 빌이 물었다.

"하고 싶은 말이 있으면 어려워하지 말고 해보게."

"사실 이곳을 둘러보니 다른 농장들과 시설이나 관리 방법에 큰 차이가 없는데 어떻게 다른 농장들보다 크게 가꾸신 건지요. 제가 아직 못 본 특별한 곳이 있습니까?"

"아니, 자네가 못 본 곳은 없네. 다만 이 농장이 다른 농장과 다르다면 내가 아버지의 가르침을 실천하고 있다는 것뿐이지."

"선생님의 아버지가 가르쳐주신 거라고요?"

데니스의 호기심 어린 표정을 보며 빌은 미소를 지었다.

"자네는 우리 아버지께서 남들이 모르는 무슨 특별한 농사 비법을 남긴 것인지 궁금한 모양인데, 우리 아버지의 가르침은 그런 것이 아니었네. 아버지는 내가 사물을 올바르게 바라볼 수 있는 눈을 뜨도록 해주셨지."

빌은 두 눈을 살며시 감으며 지난날 아버지의 모습을 회상했다.

빌이 젊었을 때에도 지금과 마찬가지로 마을의 젊은이들은 농사를 짓기보다 도시로 나가 취직을 하려고 하였다. 그러나 빌은 아버지의 뒤를 이어 농사를 짓겠다고 선언했다. 빌의 아버지는 그런 아들을 보며 별로 반가워하지 않았다.

"농사짓는 일은 쉬운 일이 아니다. 나는 네가 농사를 짓는 것에 찬성하지 않는다. 대신 어제 종자를 심은 땅을 맡길 테니 책임지고 관리하도록 해라. 네가 그 일을 한 후에도 농사를 짓겠다고 말한다면 나도 허락하마."

다음날 아버지는 앞으로 빌이 돌보게 될 땅을 보여주었다. 빌은 평소에 아버지가 자신이 농사짓는 것에 대해 별로 탐탁하게 생각하지 않는다는 것을 알고 있었다. 그런데 아버지가 뜻밖에도 간단히 허락하자 너무 기뻤다. 그래서 아버지가 맡긴 땅을 잘 가꾸겠다고 마음먹었다.

그러나 열흘이 지나고 한 달이 지나도 그 땅에는 싹이 나지 않았다. 그러자 빌은 혹시 밭에 심은 종자가 잘못된 것이 아니냐고 아버지에게 따지듯 물었다. 아버지는 태연한 표정으로 이렇게 말할 뿐이었다.

"잘못된 종자는 아니다. 다만 싹이 나는 데 시간이 오래 걸리는 것뿐이다."

빌은 아버지의 말을 믿고 계속 싹이 나기를 기다렸다. 그러나 1년을 기다렸지만 그 밭에는 결국 싹조차 나지 않았다. 빌은 아버지가 잘못된 종자로 자신을 속였다고 생각하고, 밭을 돌보는 일을 그만두고 친구들처럼 취직하기 위하여 도시로 나갔다.

그 후에 가끔 집에 돌아왔을 때 자신이 돌보던 그 밭이 누군가에 의해 잘 정돈되어 있는 것을 보았지만 별로 신경 쓰지 않았다.

몇 년이 지난 어느 날, 휴가를 얻어 집에 돌아왔을 때 빌은 예전에 자신이 돌보던 밭에 조그마한 싹이 난 것을 발견했다.

"아버지, 저 밭에 새로운 것을 심은 건가요?"

"아니다. 그때 심은 것이 지금에야 싹이 난 것뿐이다."

빌은 몇 년이나 걸려 조그마한 싹이 난 것을 보며, 그것이 다 자라려면 아마도 백 년은 넘게 걸릴 거라고 생각하니 그때 일찌감치 그만둔 것이 정말 다행이라고 생각했다.

그러나 며칠 뒤 그 밭 앞을 다시 지나던 빌은 얼마 전까지 겨우 잎만 나 있던 싹이 어느새 손가락만큼 커진 것을 볼 수 있었고, 다시 며칠 후에는 손바닥만 해진 것을 볼 수 있었다. 비가 온 다음 날 밭에 나가 본 빌은 전날보다 더욱 자란 모습을 보고 크게 놀랐다. 그것이 얼마나 빨리 자라는지 자세히 보고 있으면 마치 그 싹이 자라는 모습이 보일 것 같았다.

빌은 다음날부터 도시로 돌아가는 것도 잊어버리고 매일 아침에 일어나자마자 밭으로 나가는 것이 일과가 되었다. 빌의 아버지는 그런 아들을 보면서 아무런 말도 하지 않았다.

그렇게 반년이 흐르고 나자 조그마했던 싹이 빌의 키보다도 더 크게 자랐다. 그는 더 이상 궁금증을 참지 못하고 아버지에게 물었다.

"아버지, 도대체 이 밭에 심은 것이 무엇이기에 이렇게 빨리 자라나요?"

빌의 아버지는 아들의 물음에 하던 일을 멈추고 입을 열었다.

"그것은 대나무란다. 네가 보기에는 그 대나무가 반년 사이에 빨리 자란 것 같지만, 사실 그것은 이미 땅 속에서 몇 년이라는 세월 동안 싹트기를 준비했던 것이다. 네가 훌륭한 결과를 원한다면 그에 맞게 오랜 기간을 준비하고 인내하는 마음가짐이 필요하단다. 특히 농사일에는 그런 인내와 노력이 더욱 필요하지."

빌은 그동안 자신이 무엇을 잘못했는지를 깨닫고 다음 날부터 아버지의 일을 도와 본격적으로 농사를 짓기 시작하였다.

빌은 옛일을 회상하며 데니스에게 마지막으로 한마디를 덧붙였다.

"나는 아버지에게 배운 가르침을 한시도 잊어본 적이 없네. 이 농장을 이룰 수 있었던 것은 다 그 덕분이지. 인내

의 열매는 달고 노력의 성과는 언젠가는 틀림없이 나타나
는 법이지."

　데니스는 빌에게 감사의 인사를 하고 일어섰다. 그는 농
장을 나오는 길에, 처음 들어올 때는 눈여겨보지 않아서
몰랐지만 농장 입구 옆에 훌륭하게 자란 대나무밭을 볼 수
있었다. 대나무는 묵묵히 그 자리를 지키며 사람들에게 삶
의 가르침을 일깨워주고 있었던 것이다.

천리마를 보는 혜안

사람들은 이 지역에서 가장 큰 목장이 어디냐고 하면 하루 종일 걸어도 그 끝에 도달하지 못한다는 옆 마을의 텍스 목장을 꼽는다. 그러나 이 지역에서 가장 유명한 목장을 꼽으라면 모두 버들마을에 있는 '호세 목장'을 꼽는다. 호세 목장이 그렇게 유명한 이유는 다른 목장에 없는 훌륭한 말들이 많이 있기 때문이었다.

호세 목장의 주인인 호세는 어렸을 때부터 같은 또래의 아이들과 놀기보다 목장에서 하루 종일 말과 함께 생활할 만큼 말을 좋아하는 소년이었다. 그가 커서 목장을 운영하는 것은 어쩌면 당연한 일인지도 몰랐다. 그런데 호세는 남들이 모두 부러워하는 말들과 훌륭한 목장을 가지는 어릴 적 꿈은 이루었지만 아직 이루지 못한 꿈이 하나 더 남아 있었다.

그 꿈은 하루에 천 리를 달린다는 명마 중의 명마 '천리마'를 현실에서 직접 보는 것이었다. 그런 꿈이 있었기에 호세는 천리마와 비슷한 말이 있다는 소문만 들어도 세상 어느 곳을 마다하지 않고 직접 찾아 나섰다. 혹 피치 못할 사정으로 자신이 가지 못할 경우에는 대리인이라도 꼭 보내곤 하였다. 그러나 돌아오는 것은 언제나 실망스런 소식뿐이었다. 하지만 호세는 오늘도 포기하지 않고 천리마를 찾는 노력을 계속하였다.

지난밤 밤늦게 태어난 망아지의 건강 상태를 살펴보던 호세는 나무 할아버지가 방문했다는 연락을 받았다. 그는 하던 일을 다른 사람에게 맡기고 나무 할아버지가 말들을 구경하고 있는 마구간으로 향했다.

"정말 훌륭한 말들이 많군."

호세는 나무 할아버지의 칭찬에 기분이 좋아져서 얼마 전 멀리서 새로 들여온 말들을 보여주었다. 그렇게 말들의 자랑을 늘어놓다가 천리마 이야기가 나오자 갑자기 호세의 안색이 어두워졌다.

나무 할아버지는 호세의 마음을 위로했지만 그는 고개를 저으며 말했다.

"여기 있는 말들이 비록 훌륭하기는 하지만 옛 책에 나오는 천리마와는 많은 차이가 있습니다. 하지만 두고 보십시오. 언제가 될지 몰라도 반드시 천리마를 찾고야 말겠습니다."

호세는 자신에게 다짐하듯 말했다. 구경을 마치고 호세와 나무 할아버지가 그늘에서 쉬고 있을 때 목장 직원이 찾아와 호세에게 급한 일로 사무실에서 찾는다는 연락을 전했다. 그는 나무 할아버지에게 양해를 구하고 사무실로 향했다. 잠시 후 호세는 무슨 좋은 일이 있었는지 얼굴 가득 환한 미소를 띤 채 돌아왔다.

"무슨 기쁜 소식이라도 들었나?"

나무 할아버지가 물었다.

"네, 조금 전 천리마를 구했다는 연락이 왔습니다. 몇 달 전 소문을 듣고 사람을 보낼 때만 하더라도 지난번처럼 헛수고가 아닐까 해서 큰 기대를 하지 않았는데 소문이 사실이었다고 합니다. 이야기가 잘되어 다음주쯤에 천리마가 우리 목장에 도착할 수 있다고 합니다."

"정말 잘된 일이군. 축하하네!"

"감사합니다. 천리마가 도착하면 할아버지께서도 꼭 오셔서 한번 봐 주십시오."

호세의 초대에 나무 할아버지는 흔쾌히 승낙하였다.

얼마 후 호세의 목장에 천리마가 도착하였다는 소문이 마을을 온통 시끄럽게 하였다. 그런 소문이 있은 지 한 달 뒤 나무 할아버지는 호세에게서 천리마를 처음 사람들 앞에 공개하는 특별한 행사에 초대를 받았다.

호세는 나무 할아버지를 반갑게 맞이하고는 마구간으로 안내하여 천리마를 보여주었다. 나무 할아버지가 말을 살펴보니 긴 다리와 커다란 몸통, 그에 어울리는 자신감 넘치는 눈빛과 윤기 나는 아름다운 갈기 등 정말로 옛 책 속에 나오는 천리마의 모습을 그대로 하고 있었다. 나무 할아버지도 호세의 천리마를 보고 있자니 저절로 감탄이 나왔다. 호세는 기쁜 표정으로 천리마에 대하여 설명하기 시작하였다.

"이 말을 목장에 데리고 와서부터 특별히 관리하고 있습니다. 사료도 다른 말의 두 배를 줄 뿐만 아니라 두 명의 관리인이 교대로 24시간 이곳에 상주하면서 말의 일거수일투족을 살피면서 조금도 이상이 없도록 돌보고 있습니다."

호세의 말을 듣는 순간 나무 할아버지는 얼굴을 찌푸렸다. 나무 할아버지의 표정에 호세는 자신이 무슨 잘못을 하였는지 물어보려 했다. 그때 천리마를 타기 위해 초청한 기수가 도착했다는 연락을 받았다. 호세는 그 길로 밖으로 나가 기수를 만나고 천리마가 잘 달릴 수 있도록 여러 가지 준비를 하느라 정신이 없어서 조금 전 나무 할아버지에게 물어 보려던 것을 잊고 말았다.

잠시 후 행사의 시작을 알리는 팡파르가 울리고 기수와 말이 트랙으로 나왔다. 천리마는 버들마을 사람들의 기대 속에 발걸음을 떼기 시작했다. 처음에는 연습 삼아 천천히 트랙을 돌았다. 그렇게 트랙을 두세 바퀴 돌자 충분히 몸을 풀었다고 생각한 호세가 신호를 보내자 기수는 천리마와 함께 본격적으로 달리기 시작했다.

천리마는 모든 사람들의 기대대로 바람처럼 달렸다. 그러나 한 바퀴 돌고 나서부터는 달리는 속도가 점점 떨어지기 시작하더니 마지막 바퀴를 돌 때에는 속도가 더욱 떨어져 보통 말이 달리는 수준밖에 되지 않았다. 천리마가 달리는 동안 잰 시간도 목장에 있는 다른 말들에 비해 크게 다르지 않은 수준이었다.

잔뜩 기대를 걸고 구경하던 많은 사람들은 천리마의 기록을 보고는 모두 실망하는 표정이 역력했다.

"아! 옛 책 속에 나오는 천리마는 진정 존재하지 않는단 말인가!"

호세가 한탄하고 있을 때 나무 할아버지는 마구간으로 들어가는 천리마의 슬픈 눈을 보고 모든 것을 알 수 있었다. 천리마의 애닮은 눈은 이렇게 말하고 있었다.

"본래 나는 사료를 보통 말의 다섯 배나 먹고 우리에 갇

혀 지내지 않는다. 천리마는 넓은 초원에서 달리고 싶을 때 달리고 쉬고 싶을 때 쉬어야 한다. 하지만 사람들이 사료를 조금 밖에 주지 않으니 배가 고파 달릴 힘이 없고, 좁은 우리에 가두어 놓으니 몸의 근육이 굳어져서 어떻게 제대로 달릴 수 있겠는가? 아! 이 세상에는 천리마를 알아보는 사람이 하나도 없구나!"

마을 사람들은 삼삼오오 모여서 호세가 또다시 천리마를 찾지 못했다고 이러쿵저러쿵 떠들어대고 있었다. 하지만 나무 할아버지는 천리마의 소리 없는 외침이 들리는 것 같아서 마음이 아팠다.

잠시 후 나무 할아버지는 웅성거리는 사람들을 뒤로 한 채 천천히 언덕길을 돌아 공원으로 돌아왔다.

아주 특별한 능력

얼마 전 갑작스럽게 내린 폭우로 피해를 입은 이웃 마을 사람들을 돕기 위하여 버들마을에서 자선 행사가 열렸다. 이번 자선 행사는 많은 사람들의 도움으로 기대했던 것 이상으로 많은 구호품과 모금이 이루어져 행사를 준비하느라 고생한 자원봉사자들의 노고를 잊게 해주었다.

자선 행사에서 안내를 맡았던 나무 할아버지는 교대 시간이 되어 잠시 쉬려고 밖으로 나가려다 이번 행사의 주최자 중 한 사람인 데일을 보았다. 그는 웬일인지 평소와 달리 우울한 표정을 하고 있었다.

"자네가 행사 준비를 잘해서 이번 행사는 성공적인 것 같군. 자네가 그동안 수고가 많았네."

"뭐 저 혼자 했나요. 여러 사람들이 자기 일처럼 열심히 도와준 덕분이죠."

나무 할아버지의 칭찬에 데일은 미소를 지으며 대답했

지만 열정적으로 행사를 준비하던 얼마 전과 달리 목소리에 힘이 하나도 없어 보였다. 손수건을 꺼내 이마의 땀을 닦으며 나무 할아버지가 말했다.

"안에만 있었더니 답답하군. 잠시 바람이라도 쐬게 밖으로 나가겠나?"

밖으로 나온 그들은 수영장 옆 의자에 앉았다. 아무 말 없이 한참을 수영장만 바라보던 데일이 고개를 숙인 채 힘없이 말했다.

"할아버지, 요즘은 제가 하는 일에 자주 회의가 듭니다."

"왜 갑자기 그런 생각을 하게 되었나?"

"이런 생각이 갑자기 든 것은 아닙니다. 오래 전부터 제가 하고 있는 일에 대하여 회의를 느껴왔지만 며칠 전 우연히 겪은 일로 좀더 깊이 생각하게 된 거죠."

"아니, 며칠 전에 무슨 일이 있었기에 그러나?"

"며칠 전에 1년 전쯤 제가 여러 곳에 힘들게 부탁하여 도움을 준 사람을 우연히 만났는데 그는 예전에 저에게 도움 받은 것을 전혀 기억하지 못하는지 마치 처음 보는 사람 대하듯 하더군요. 그뿐만 아니라 어떤 사람들은 제가 자기를 당연히 도와야 한다는 듯 마치 빚을 받아내듯 행동합니다. 그런 일이 자주 있다 보니 이제는 남을 돕는 일을 그만 둬야겠다는 생각이 자꾸만 듭니다."

"그런 일이 있었군. 그럼 자네에게 한 가지 묻겠네. 자네는 그동안 왜 남을 돕는 일을 해왔나?"

데일은 나무 할아버지의 질문을 받고 잠시 생각하다 대답했다.

"제가 이런 일을 하는 데에는 부모님의 영향이 컸습니다. 할아버지도 아시다시피 제 부모님은 인정이 많으셨죠. 어려운 처지의 사람을 보면 그냥 지나치지 않으셨고, 저에게도 항상 남에게 도움을 주는 사람이 되라고 가르치셨습니다."

"그렇다면 도움을 준 사람들이 보답을 하지 않았다고 해서 자네 부모님이 불평하는 것을 들어본 적이 있나?"

"아니오. 저희 부모님은 남들이 보답을 하건 안 하건 상관없이 모든 사람들을 도와주셨습니다."

"자네는 왜 그러셨을 거라고 생각하나?"

"그거야 부모님은 착한 분들이셨으니까 그랬겠지요."

"그럼, 자네는 착하지 않기 때문에 지금 같은 생각을 하고 있단 말인가?"

"그렇다고 할 수 있겠지요."

고개를 숙이며 자조 섞인 투로 대답하는 데일을 격려하듯 어깨에 가볍게 손을 얹으며 나무 할아버지가 말했다.

"아니네. 그것은 선하고 선하지 않고의 차이를 떠나 다

른 사람에게 도움을 줄 때 어떤 마음가짐을 갖느냐의 차이
라네."

"마음가짐의 차이라고요?"

"데일, 자네는 혹시 남을 도우면서 마음속으로 자신도
모르게 내가 사람들을 도우면 그들이 나에게 고마움을 느
끼겠지 하고 생각하진 않았나?"

"제가 남을 도울 때 그런 마음이 전혀 없다고 말할 수는
없지요. 그런데 그런 생각이 나쁜 건가요?"

"물론 그런 생각이 나쁘다고만 할 수 없지. 하지만 세상
에는 남에게 도움을 받고도 감사할 줄 모르는 사람이 많다
네. 왜냐하면 남에게 도움을 받고 감사하는 마음을 갖는다
는 것은 보통사람에게는 없는 아주 특별한 능력이기 때문
이지. 그러니 그것을 모든 사람에게 바라는 것은 좀 무리
라고 생각하지 않나?"

데일은 깜짝 놀라며 나무 할아버지를 쳐다보았다.

"아니, 남에게 도움을 받고 그것에 대하여 감사하는 것
이 그렇게 특별한 능력입니까?"

"물론이지. 만일 모든 사람들에게 그러한 능력이 있었
다면 세상은 지금보다 훨씬 좋은 곳이 되었을 것이네. 하
지만 자네만 하더라도 우리가 살아가는 데 없어서는 안 될
태양, 공기, 물 같은 자연에 감사한 마음을 가진 적이 있

나? 더욱이 큰 은혜를 입은 부모님과 형제자매의 사랑도 당연하다고 여기는 게 사람들의 마음인데, 자네가 베푼 작은 도움에 감사하지 않는다고 불평한다는 것은 어리석은 마음이네."

나무 할아버지는 잠시 말을 멈추었다가 데일을 쳐다보며 다시 말했다.

"자네 부모님은 세상이 그렇다는 것을 잘 알았기 때문에 사람들에게 도움을 베풀면서 무슨 보답을 받기보다 그냥 남들을 돕는다는 사실에서 즐거움을 찾았던 것이네. 남에게 도움을 베풀 수 있다는 사실만으로도 멋진 일이니까 말이지. 어쩌다 한 사람에게라도 감사의 인사를 받았다면 정말 기뻐하셨겠지."

나무 할아버지의 말을 들자 데일은 문득 떠오르는 일이 있었다.

"제가 어렸을 때 어머니와 외출했다 집에 돌아오는 길에 예전에 도움을 주었던 한 할머니를 만났습니다. 할머니는 어머니에게 인사를 하고는 들에서 꺾은 꽃 한 다발을 선물로 주었죠. 어머니는 그 꽃을 소중히 꽃병에 꽂았고 나중에 그 꽃이 시들어 버렸을 때에는 잘 말려서 보관하셨습니다. 지금 생각하니 그때 어머니의 마음을 어느 정도 이해할 수 있을 것 같군요."

그때 마침 행사장 안에서 데일을 찾는 안내방송이 들려왔다. 그는 나무 할아버지에게 양해를 구하고 힘차게 안으로 뛰어 들어갔다. 저만치 멀어져가는 데일의 발걸음이 조금 전과는 달리 무척 가벼워 보였다.

반딧불이 빛나는 이유

저녁이 되자 몇 십 년에 한 번 온다는 혜성을 보기 위하여 별이 잘 보이는 공원 뒤쪽으로 마을 사람들이 몰려들었다. 나무 할아버지는 산책을 하는 길에 그 소식을 듣고 천천히 공원으로 향했다. 칩과 그의 친구들은 천체 망원경까지 준비해서 언덕으로 올라가고 있었다.

언덕 위에 도착한 그들은 혜성이 잘 보이는 자리에 천체 망원경을 설치하고 하늘에 떠 있는 별들을 바라보았다. 서로 자신들이 아는 별자리를 찾아 그 유래에 대해 이야기하며 혜성이 올 시간을 기다렸다.

그때 어디에서 나타났는지 한 무리의 반딧불이 날아와 주위를 밝혔다. 마치 하늘에서 별이 내려와 떠다니고 있는 듯한 착각이 들 만큼 아름다운 광경이 펼쳐졌다. 칩과 친구들은 처음 보는 그 황홀한 광경에 놀란 눈으로 반딧불을 바라보았다.

아이들의 표정을 본 나무 할아버지는 미소를 지으며 말했다.

"너희들은 반딧불의 빛이 어디에서 나오는 줄 아느냐?"

"학교에서 배우기로는 몸체 뒷부분에서 빛이 난다고 했습니다."

칩이 자신 있게 대답했다. 그러자 나무 할아버지가 다시 물었다.

"맞았다. 그런데 왜 앞에서 자신의 어두운 길을 밝히지 않고, 별로 도움이 되지 않는 뒷부분에서 빛을 내는지 아느냐?"

"그건 잘 모르겠는데요. 무슨 이유가 있나요?"

칩이 호기심이 가득한 표정으로 물었다.

"물론이지. 뒷부분에서 빛이 나는 이유를 가르쳐주마."

아이들은 호기심이 가득 일어 나무 할아버지의 곁에 다가가 귀를 기울였다.

옛날 하느님이 모든 생물을 창조하고 마지막으로 빛을 창조하였다. 빛이 창조되자 하느님은 이미 창조한 생물들 중 하나를 선택하여 빛의 주인을 정하려고 하였다. 그런데 어떤 생물이 빛의 주인으로 적당한지 정할 수가 없어 결정을 못 내리고 망설이고 있었다. 하느님이 빛의 주인을 찾

는다는 소문이 나자, 많은 생물들이 찾아와 자신에게 빛을 달라고 간청하기 시작하였다.

그렇게 매일 매일 여러 생물들이 찾아와 부탁을 하자 하느님도 더 이상 견딜 수가 없었다. 그래서 그들을 한 자리에 모아놓고 빛의 주인을 결정하는 회의를 열었다.

맨 처음으로 사자가 나서더니 크게 포효하며 말했다.

"저는 백수의 왕이니 당연히 그 빛은 제가 가져야 합니다."

다음은 약삭빠른 여우가 나섰다.

"제가 가장 지혜롭기 때문에 그 빛의 주인으로 어울립니다."

다음으로 자만에 빠진 인간이 나서서 말했다.

"하느님께서는 불을 저에게 주셨으니 그와 비슷한 빛도 저에게 주셔야 된다고 생각합니다."

이윽고 다른 생물들도 모두 나서며 그 빛을 자신에게 주어야 한다고 갖가지 이유를 둘러댔다. 회의는 금방 시끌벅적해져 버렸고 하느님은 더욱 결정을 내리기가 힘들었다. 그렇게 한참을 떠들다 잠시 조용해졌을 때 구석에 조용히 있던 반딧불이 부끄러운 듯 고개를 숙이며 말했다.

"하느님, 그 빛을 저에게 주십시오."

모두들 반딧불의 그런 모습을 보고 비웃었지만 하느님

은 다정스러운 목소리로 그 이유를 물었다.

"사실 저희 반딧불은 밤에 주로 생활을 하는데 올빼미처럼 밤눈이 밝지도 못하고 박쥐처럼 어두움 속에서 길을 찾는 재주도 없습니다. 그래서 달빛이 없는 날에는 앞을 잘 볼 수 없어 먹이도 찾지 못하고 길을 잃고 헤매기 일쑤입니다. 만일 그 빛을 저에게 주시면 형제와 친구들의 앞길을 밝힐 수 있도록 제 뒤에 빛을 달고 날아다니겠습니다."

"이 빛은 자신을 위하기보다 남을 위해 애쓰려는 마음을 가진 반딧불에게 가장 잘 어울릴 것 같구나."

하느님은 미소를 지으며 반딧불을 가까이 오게 하고 그의 꽁지에 작고 소중한 빛을 붙여주었다.

"자, 이제 알겠니? 자신의 형제와 친구들을 밝혀주기 위하여 반딧불은 뒤에서 빛을 내는 거란다."

칩과 친구들은 나무 할아버지에게 반딧불의 이야기를 듣고 나자 눈앞의 반딧불이 조금 전보다 더욱 아름답게 보였다.

만병통치약

 병원을 은퇴한 후 그동안 못 만났던 친구들을 만나러 갔던 히포가 버들마을로 돌아왔다는 소식을 들은 사이먼은 왕진을 다녀오는 길에 그의 집으로 찾아갔다.

 거실에서 쉬고 있던 히포는 사이먼의 방문을 받고 반가워하며 그동안 병원에서 벌어진 일들에 대해 이야기를 나누었다. 그러던 중 사이먼은 조금 전 진찰하고 온 환자의 이야기를 꺼내었다.

 "히포 선생님, 몸에 이상이 없는데 자꾸 아프다고 하는 환자가 있을 때에는 어떻게 해야 합니까?"

 "아무 이상이 없는데 아프다고 하는 환자라고?"

 "네."

 "사이먼, 도대체 누가 그런 증상을 보인단 말인가?"

 히포는 손에 들고 있던 찻잔을 내려놓으며 물었다.

 "반년 전쯤에 새로 이사 온 존이라는 사람이 있는데, 정밀 검사를 해도 아무런 이상이 발견되지 않는데도 자꾸 찾아와 머리가 아프다느니, 가슴이 답답하다느니 하면서 통증을 호소합니다. 이제는 한밤중에도 아프다며 왕진을 와달라고 자꾸 전화를 해대는 바람에 도무지 어쩔 줄을 모르겠습니다."

사이먼은 다시 생각하기도 싫은 듯 고개를 가로저으며 말했다.

"혹시 정말로 아픈 건지도 모르지 않은가?"

"저도 처음에는 그런 줄 알았습니다. 그래서 도시에 있는 큰 병원에까지 함께 가서 정밀 진단을 받아보게 했지만 검사 결과는 아무 이상이 없는 것으로 나왔습니다. 그래서 존의 병력을 조사하기 위하여 예전에 그를 진찰하였던 의사들과 통화를 하다가 새로운 사실을 알게 되었죠. 존의 이런 행동이 이번이 처음이 아니었던 모양입니다. 저와 통화한 의사들 모두 존의 이름만 듣고도 고개를 가로젓는 것 같았습니다."

"그럼 존이 꾀병을 부린단 말인가?"

"그런데 꼭 그런 것 같지도 않습니다. 어떤 불만 같은 것이 있어 그런 식으로 표현하는 것이 아닐까 하는 생각이 듭니다. 그래서 제가 그에게 정신과 치료를 받아보라고 권했습니다. 그랬더니 자기 정신은 멀쩡한데 왜 정신과 치료를 받아야 되냐며 불같이 화를 내더군요."

사이먼의 말을 들은 히포는 잠시 무엇인가 생각하다 말했다.

"나에게 그러한 병에 잘 듣는 약이 있으니, 내일 중에 존을 한번 만나게 해주게."

"아니 선생님, 정말로 그런 병에 잘 듣는 약을 가지고 계십니까?"

"물론이네. 설마 내가 자네에게 거짓말을 하겠나?"

"그게 아니라 그런 병에 듣는 약이 있다는 게 믿어지지 않아서 그렇습니다. 그럼 제가 내일 꼭 존을 데리고 오겠습니다."

히포의 자신 있는 말에 사이먼은 한편으로는 반신반의했지만 다른 한편으로는 큰 짐을 내려놓은 듯 편안한 마음으로 병원으로 돌아왔다.

다음날 사이먼이 존을 데리고 왔을 때 히포가 본 존의 모습은 병실에 눕지 않았을 뿐이지 완전히 중환자의 모습 그대로였다. 눈에는 생기가 하나도 없었고 어깨도 축 처져 병색이 완연해 보였다.

"사이먼에게 자네 이야기를 들었네. 아무리 검사를 해봐도 병의 원인을 찾아낼 수 없었다고?"

"네, 저는 정말 아픈데 병원에서는 왜 자꾸 아무렇지도 않다고 하는지 모르겠습니다."

존은 기운이라고는 하나도 없는 목소리로 대답했다.

"자네 심정을 잘 알겠네. 사실은 나도 예전에 그와 비슷한 병에 걸린 적이 있었거든."

히포의 말에 존은 마치 사막에서 물을 발견한 사람처럼 기뻐하며 물었다.

"아니, 그게 정말입니까?"

"물론이지. 그때는 정말 하루하루가 고통의 연속이었지……."

"맞습니다!"

존이 히포의 말에 맞장구를 쳤다.

두 사람의 대화를 듣고 있던 사이먼은 무슨 말인가 하려다 히포의 눈빛을 보고는 입을 다물었다. 더 이상 참견하지 않기로 하고 뒤에서 두 사람의 대화를 가만히 들었다.

"그런데 선생님, 어떻게 병이 나았습니까?"

존이 조심스럽게 묻자 히포는 무슨 비밀 이야기라도 하듯 약간 목소리를 낮추며 말했다.

"사실 그 병을 치료할 때 사용한 약은 현대 의학이 아니라 고대에서 전해 내려오는 비법으로 특별히 만든 약이었다네."

존은 고대 비법으로 약을 만들었다는 말에 두 눈을 동그랗게 뜨며 물었다.

"고대 비법이라고요? 그럼, 무척 구하기 어렵겠군요?"

"그렇지. 이제 세상에는 그런 약을 만들 수 있는 사람이 아마 없을 걸……."

"그 약이 그렇게 귀한 것이었습니까?"

"물론이지. 그렇지 않다면 어떻게 현대 의학으로 찾아내지도 못하는 병을 치료할 수 있었겠는가?"

"정말로 이제는 그 약을 구할 수 있는 방법이 전혀 없는 것입니까?"

존이 절박한 표정으로 히포를 바라보자 그는 약간 난처한 표정을 지으며 대답했다.

"구할 수 있는 방법이 전혀 없는 것은 아니지만, 그 약을 복용하게 되면 반드시 지켜야 할 세 가지 규칙이 있네. 그러나 그것을 꼭 지키지 않으면 그 약이 오히려 병세를 더욱 악화시킨다네. 이렇게 구하는 것만큼 복용 방법도 어려우니 섣불리 자네에게 약을 권하기가 망설여지는구먼."

"아니, 그럼 약을 구할 수는 있단 말입니까?"

히포는 야릇한 표정으로 고개를 끄덕였다.

"그 약이 나에게 아직 조금 남아 있네. 만일 병이 재발하면 어쩌나 해서 여유분으로 준비한 것인데, 이제까지 아무

98

일 없던 것으로 보아 완치된 것 같아."

"제발 저에게 그 약을 좀 나누어주십시오."

존은 히포의 팔을 잡으며 간절히 부탁했다. 그는 아무말 없이 난처한 표정을 짓고 있다가 존이 계속 부탁을 하자 어쩔 수 없다는 표정을 지으며 말했다.

"조금 전에도 내가 말했듯이 이 약을 복용할 때에는 반드시 지켜야 할 규칙이 있네. 자네는 그것을 반드시 지키겠다고 약속할 수 있겠나?"

"물론입니다. 세 가지 규칙이 무엇입니까?"

히포는 가슴속에서 조그마한 병을 꺼내어 손 위에 올려놓고 말했다.

"첫째 규칙적인 생활을 할 것, 둘째 모든 것에 감사할 것, 셋째 적당한 운동을 할 것 이렇게 세 가지라네."

존은 아주 어려운 규칙인 줄 알고 잔뜩 긴장하고 있다가 히포의 말을 듣고 나자 마음이 놓였다.

"선생님, 그 정도면 충분히 지킬 수 있습니다."

존의 자신감 넘치는 대답에 그는 고개를 가로저었다.

"그렇게 쉽게 말하지 말게. 듣기에는 간단한 것 같아도 오히려 평범한 것이 더욱 지키기 힘든 법이라네."

"그래도 그 정도라면……."

"한 가지 묻겠네. 만일 이 약을 복용하는 중에 자네가 새로 산 차를 몰고 가다가 뒤에서 다른 차가 부딪혀 사고가 났다면 자네는 어떻게 하겠나?"

"그야……."

존이 당황하며 말을 못하자 히포가 대신 대답을 하였다.

"분명 화를 내겠지?"

"네."

존은 잔뜩 풀이 죽은 목소리로 대답했다.

"그럼 약을 복용하고 있을 때에는 어떻게 해야 합니까?"

"먼저 화를 내기 전에 자신의 몸이 크게 안 다친 것에 감사를 해야겠지. 그리고 상대방도 다치지 않았는지 확인하고는 다치지 않았다면 그것에도 감사를 해야지. 화부터 낸다면 어떻게 두 번째 규칙을 지켰다고 할 수 있겠나?"

존은 자신의 생활 태도로 보아 세 가지 규칙을 지킨다는 것이 힘들다는 걸 알고 걱정된 목소리로 물었다.

"저는 그 세 가지 규칙을 지키기 힘들 것 같은데 어떻게 하죠? 뭐, 다른 방법은 정말 없습니까?"

잠시 생각하던 히포는 좋은 생각이 났는지 새로운 제안을 했다.

"그럼, 편법이지만 이렇게 해보게. 우선 알약 한 개를 사분의 일로 잘라서 그 중 하나를 먼저 복용하고, 하루 중 사분의 일인 6시간 동안 아까 내가 말한 세 가지 조건을 충실

히 지키게. 그러다가 자신이 생기면 절반을 복용하는 거야. 자네가 계속 노력한다면 한 알을 모두 복용하는 것도 가능해지지 않겠나? 물론 치료기간이야 약간 오래 걸리겠지만, 이 정도면 안전한 방법인 것 같은데 자네 생각은 어떤가?"

"정말 그렇게 복용해도 되는 것입니까?"

"내가 보기에는 큰 문제는 없을 것 같네. 그러나 약을 복용한 후에는 꼭 그 규칙을 지켜야 하네."

히포는 다시 한번 다짐을 받고 손에 든 약병을 존에게 넘겨주었다. 존은 몇 번이고 감사하다는 인사를 하고는 기쁜 표정을 지으며 돌아갔다.

존이 돌아가자 그동안 간신히 말을 참고 있던 사이먼이 물었다.

"히포 선생님, 아까 그 약이 정말 존의 병에 효험이 있나요?"

"자네는 내가 존에게 거짓말을 했다고 생각하는가?"

사이먼은 약간 당황하며 변명하듯 말했다.

"그런 것은 아니지만 그런 약이 있다는 게 잘 믿어지지 않아서……."

"사이먼, 저 약은 정말로 존의 병을 낫게 하는 명약이라네. 그러나 반드시 복용할 때 세 가지 규칙을 잘 지켜야만 효험을 볼 수 있지."

"그 비법은 어디에서 배운 것입니까?"

"그것은 내가 젊은 의사 시절에 나무 할아버지에게 배운 비법이라네."

말을 마친 히포는 사이먼을 보며 의미 있는 미소를 지어 보였다. 그제야 사이먼도 그 약의 진정한 의미를 깨닫고는 그를 따라 미소를 지었다.

친구가 되는 방법

누구나 가끔은 하늘에 떠 있는 구름을 바라보며 그 아름다움에 한동안 시선을 떼지 못하는 날이 있었을 것이다. 그런 날 하늘을 보고 있으면 마치 위대한 화가의 작품을 감상하는 듯한 착각에 빠져들곤 한다. 나무 할아버지가 조지를 처음 만난 날도 바로 그런 날이었다.

"나무 할아버지세요?"

자신을 부르는 소리에 나무 할아버지는 구름을 보고 있던 시선을 돌려 소리가 난 곳을 바라보았다. 작은 몸집의 낯선 소년이 머뭇거리며 서 있었다.

"남들이 나를 그렇게 부르기는 하는데 무슨 일이냐?"

소년은 무슨 할 말이 있는 듯 보였지만 부끄러움을 많이 타는지 말은 못하고 얼굴만 붉히고 서 있었다.

"못 보던 아이 같은데 버들마을에 새로 이사 왔니?"

나무 할아버지는 소년을 불러 옆에 앉힌 후에 물었다.

그러자 소년은 기어들어가는 목소리로 대답했다.

"네, 제 이름은 조지라고 하고 엘마 고모와 함께 살아요."

그제야 나무 할아버지는 얼마 전 엘마의 동생 부부가 교통사고로 세상을 떠나는 바람에 그녀가 동생의 아이를 집으로 데리고 와서 돌보고 있다는 게 생각났다.

"조지, 무슨 일로 나를 찾아온 거냐?"

"엘마 고모에게 들었는데 고민이 있으면 나무 할아버지와 의논한다고 하기에……."

조지가 조그마한 목소리로 말했다.

"너에게 지금 무슨 고민거리라도 있니?"

조지는 잠시 망설이다가 자신의 고민을 이야기하기 시작했다.

"학교에 가기만 하면 아이들이 저를 놀리고 못살게 굴어요. 오늘도 신발을 감추는 바람에 맨발로 집에 돌아왔어요. 저는 잘못한 것이 없는데 왜 아이들은 저를 못살게 굴까요?"

조지는 금방이라도 눈물을 흘릴 것 같은 슬픈 표정을 지었다.

"엘마 고모에게 그 일에 대하여 이야기해 보았니?"

조지는 고개를 가로저었다.

"아니오. 요즘 고모도 걱정이 많은 것 같은데 괜한 걱정을 끼쳐 드리고 싶지 않아서 아무 말도 하지 않았어요."

나무 할아버지는 조지에게 도움을 줄 방법을 생각하다 문득 한 사람이 떠올랐다.

"그 문제는 나보다 잘 설명해 줄 사람이 있으니 함께 가자."

나무 할아버지는 조지와 함께 마을 대표를 맡고 있는 게일의 집으로 찾아갔다. 게일은 두 사람을 반갑게 맞으며 음료수와 과자를 내왔다. 나무 할아버지는 게일에게 조지를 소개시켜 주고 조지가 학교에서 겪은 일에 대해서 이야기해 주었다.

게일은 나무 할아버지가 조지를 왜 자신에게 데리고 왔는지 알겠다는 듯 고개를 끄덕이고는 이야기를 시작했다.

"조지, 나도 어렸을 때 도시에서 살다가 집안 형편이 어려워져 버들마을 학교로 전학을 왔단다. 아이들은 내가 도시에서 왔다는 이유만으로 못살게 굴었지. 어느 날 아이들이 파놓은 함정에 빠지는 바람에 온몸이 진흙투성이가 된 채 집으로 오다가 길에서 우연히 나무 할아버지를 만나게 되었단다. 할아버지는 진흙투성이인 나를 보시고는 아무 말도 하지 않고 냇가로 데리고 가서 목욕도 시켜주고 옷도 빨아주셨지. 그리고 내가 추워하자 옷도 말릴 겸 모닥불을 피워주셨지. 모닥불을 쬐면서 한참 내 이야기를 들어주시던 할아버지는 이런 말씀을 해주셨다. '만약에 네가 누군가의 친구가 되고 싶다면 무엇인가 그 사람에게 도움을 줄 수 있는 사람이 되어라.' 그 말씀은 나에게 다른 어떤 훌륭한 연설보다도 마음에 와 닿았지. 나는 집에 돌아와서 그 말을 종이에 크게 써서 내 방에 붙여놓았다."

"그래서 친구가 되는 방법을 찾았나요?"

"나는 다음날부터 어떻게 하면 친구들에게 도움을 줄 수 있을까 생각했단다. 그러다 나를 괴롭히는 아이들 대부분이 공부를 잘 못하는 것을 발견하고, 그 애들의 공부를 도울 수 있는 사람이 되기로 결심하고 나 먼저 열심히 공부하기 시작했지. 그런 목표가 생기자 아이들이 아무리 괴롭혀도 예전처럼 울거나 좌절하지 않았다. 그러자 아이들도 나를 괴롭히는 것이 재미없어졌는지 몇 명을 빼놓고는 더 이상 괴롭히지 않더구나. 그러는 사이 내 성적은 점점 오르게 되었고 학교에서 1등을 한 적도 있었단다."

조지는 게일이 1등을 한 적도 있다는 말을 듣고는 "와!" 하고 함성을 질렀다.

"아저씨, 정말 대단하시군요."

게일은 조지가 감탄하는 소리를 듣고 미소를 띠며 다시 이야기를 시작했다.

"어느 날 청소를 끝내고 집에 가는 길에 평소에 나를 못살게 굴던 아이가 수업 시간에 못 푼 수학 문제를 혼자 남아서 풀고 있는 것을 보았지. 나는 용기를 내어 그 아이에게 다가가 수학 문제 푸는 것을 도와주겠다고 말했단다. 그 애가 머뭇거리는 것을 보고 나는 아무에게도 말하지 않겠다고 약속했지. 그제야 그 애는 승낙했고 나는 옆에 앉아 수학 문제 푸는 걸 도와주었단다. 그 후부터 우리는 가끔 아무도 모르게 함께 공부를 하게 되었고 제법 친해지게 되었지. 그리고 그 아이의 소개로 다른 아이들과도 점점 친해졌어. 그렇게 친구들이 생기자 못된 아이들이 나를 놀리면 친구들이 나서서 내 편을 들어주었어. 그러자 더 이상 나를 괴롭히는 아이는 없게 되었지."

"그렇게 해서 친구들을 사귄 거군요."

조지는 게일의 이야기를 들으며 그를 부러운 듯이 쳐다보았다.

"조지, 나는 남들을 돕는 것이 즐거웠고 좀더 많은 사람들과 친해지고 싶었단다. 그래서 시간이 나는 대로 노인들만 사는 집에 가서 장작을 패주거나 말상대를 해드렸지. 어느새 나는 어느 곳에 가든 환영 받는 존재가 되었을 뿐만 아니라 오히려 사람들이 나와 친해지려고 할 정도가 되었다. 나중에 내가 대학에 합격하고도 집안 형편이 어려워 대학진학을 포기하려 했을 때 그 소식을 들은 마을

사람들이 나 몰래 돈을 모아 학비를 마련해 주었단다. 또 내가 대학을 졸업하고 마을로 돌아올 때에는 어떻게 소식을 들었는지 친구들이 농사일이 바쁜 중에도 먼 곳까지 차를 가지고 마중을 나왔단다. 그리고 잔치를 벌여 나의 귀향을 축하해 주었지. 그래서 나는 다시 도시로 나가려던 생각을 버리고 이곳에 정착하여 살게 되었단다."

두 눈을 빛내며 듣고 있던 조지는 게일의 말이 끝나자 조심스럽게 물었다.

"저도 아저씨 같은 사람이 될 수 있을까요?"

게일은 조지의 손을 부드럽게 잡으며 말했다.

"물론이란다. 네가 노력만 한다면 충분히 그렇게 될 수 있어."

조지는 환해진 얼굴로 나무 할아버지와 게일에게 감사의 인사를 하고 집으로 돌아갔다.

얼마 후 나무 할아버지는 마을 공원이나 강가에서 친구들과 어울려 즐겁게 뛰어노는 조지의 모습을 어렵지 않게 볼 수 있었다.

마법의 주문

공원의 숲에 나 있는 산책로는 버들마을에 있는 여러 산책로들 중에서 마을 사람들이 가장 많이 찾는 곳이었다. 나무 할아버지도 특별히 바쁜 일이 없으면 하루에 한 번은 그 길로 산책을 나가곤 했다.

나무 할아버지가 언덕 위 산책로를 걷고 있을 때 물건을 배달하고 돌아오던 제임스가 차를 멈춰 세우고, 창 밖으로 고개를 내밀어 나무 할아버지를 소리쳐 불렀다. 나무 할아버지는 산책로 끝에 있는 울타리 너머로 언덕 아래에 있는 제임스를 볼 수 있었다.

"자네가 나를 불렀나?"

"네, 할아버지 그렇지 않아도 공원으로 할아버지를 찾아가는 길이었는데 헛걸음할 뻔했군요."

"무슨 일로 나를 찾나?"

"빌리가 오후에 오겠다고 연락을 해서요."

"빌리가 버들마을에 온다고?"

"네. 이 근처에 일 때문에 왔다가, 친구들도 만나고 할아버지도 찾아뵌 지 오래되어 인사도 할 겸 겸사겸사 들린다고 하는군요."

"그거 반가운 소식이군!"

"그럼, 빌리의 소식을 전했으니 저는 이만 가보도록 하겠습니다."

나무 할아버지는 산책길을 천천히 걸으며 빌리에 대한 옛 기억을 떠올렸다.

빌리의 식구들은 그가 아기였을 때 먼 지방에서 버들마을로 이사를 왔다. 빌리의 아버지는 하루도 쉬지 않고 열심히 일했지만 그들의 살림은 좀처럼 나아지지 않았다. 그런데다 어려서 큰 병을 앓았던 빌리는 잔병치레가 많아서 학교에 다니는 날보다 결석하는 날이 더 많았다. 그러나 빌리는 책 읽는 것을 좋아했기에 학교에서 배우지 못한 공부를 보충할 수 있었다.

빌리는 고등학교를 졸업하고 나서 집안을 돕기 위하여 대학 진학을 포기하고 취직을 하려고 하였다. 그러나 몸도 허약하고 경험도 없는 빌리가 안정적인 직장을 얻는다는 것은 그리 쉬운 일이 아니었다. 그는 상점에서 아르바이트를 하며 좀더 나은 직장을 구하려고 노력하였다. 그러나 그에게는 좀처럼 안정된 직장을 얻을 기회가 오지 않았다.

언젠가 밤늦게 마을 회관에서 나오던 나무 할아버지는 우연히 일을 끝내고 퇴근하던 빌리를 만났다. 빌리는 밤늦게까지 일을 하느라 피곤하였는지 안색이 별로 좋지 않아 보였다.

"자네, 요즘 너무 무리하는 것 아닌가?"

"괜찮습니다. 견딜 만합니다."

"그래도 너무 무리하지 말게."

"할아버지, 너무 걱정하지 마세요. 저에게는 힘들 때 힘이 나게 하는 마법의 주문이 있으니까요!"

"마법의 주문이 있다고?"

"네, 한 번 보시겠습니까?"

빌리는 지갑 안에서 정성스럽게 접은 종이를 꺼내어 나무 할아버지에게 보여주었다.

"정말 자네의 말대로 힘들 때 힘이 나게 해주는 마법의 주문이군."

그러한 만남이 있은 후부터 나무 할아버지는 빌리에 대하여 좀더 관심을 가지고 살펴보았다. 그러다 바쁜 일이 생기는 바람에 한동안 그의 소식을 듣지 못하다가 길에서 우연히 빌리의 어머니를 만나게 되었다.

"빌리는 지금 아파서 집에서 쉬고 있습니다."

"아니, 빌리가 아파서 쉬고 있다니 그게 무슨 말인가?"

"얼마 전 그 애가 취직이 되어 집을 떠났었는데 객지 생활이 힘들었는지 건강이 나빠져 돌아왔습니다."

"그런 일이 있었군. 빌리는 몸조리를 잘하고 있나?"

빌리의 어머니는 크게 한숨을 쉬고는 근심 어린 얼굴로 말했다.

"그게 말이죠, 푹 쉬어도 건강해질까 말까 한데 힘들어하면서도 매일 어딘가로 편지를 쓰고 있어요. 이런저런 걱정이 많아요."

빌리의 어머니는 아들이 무척 걱정스러운 모양이었다. 나무 할아버지도 빌리에게 무슨 일이 있었는지 궁금해서 친구들을 불러 그에게 있었던 일을 자세히 알아보았다.

빌리는 얼마 전에 아르바이트를 그만두고 농기구를 파는 새 직장을 얻어서 농기구 회사에서 고객들의 명단을 받아 가지고 집을 떠나 방문판매를 시작했다고 한다. 그러나 빌리에게 농기구를 사주는 농장이나 대리점은 없었고 게다가 허약한 몸으로 여러 곳을 다니다 보니 몸에 허약해져서 다시 집으로 돌아오게 되었다는 것이었다. 그런데 빌리는 침대에 누워서도 농기구를 팔기 위하여 그동안 방문하였던 고객들에게 신제품이 나오면 연락을 하거나, 새로운 고객을 만들기 위하여 물건을 살 만한 사람들에게 제품 안내 책자와 편지를 보내고 있었던 것이다.

그 소식을 들은 지 얼마 후 나무 할아버지는 버스터미널에서 우연히 빌리를 만나게 되었다. 그는 얼마간의 여비를 마련하여 그동안 자신이 보낸 편지를 받고 구매의사가 있는 고객들을 찾아 다시 떠나겠다며 기대에 가득 찬 얼굴을 하고 있었다.

빌리가 마을을 떠났을 때 마을 사람들은 그가 이번에도 별 소득 없이 다시 집으로 돌아올 거라고 수군거렸다. 하지만 나무 할아버지는 그 마법의 주문을 떠올리며 그가 원하는 목적을 이룰 수 있을 거라고 믿었다.

그로부터 몇 달 뒤 빌리가 마을에 돌아왔다는 소식을 들은 나무 할아버지는 그를 찾아갔다.

"할아버지, 생각보다 너무 잘되었습니다. 요 몇 달 동안 제 판매실적이 회사의 역대 판매사원 중 최고였다고 합니다."

빌리는 환하게 웃으며 대답했다.

얼마 지나지 않아 빌리는 도시로 직장을 옮기는 바람에 버들마을을 떠났다. 나무 할아버지는 그가 새로 옮긴 직장에서도 능력을 인정받아 승진을 거듭하다 몇 년 후 그동안의 경험을 바탕으로 사업을 시작하여 크게 성공하였다는

소식을 들을 수 있었다.

　나무 할아버지가 산책을 끝내고 공원으로 돌아왔을 때, 빌리가 먼저 환한 미소를 지으며 기다리고 있었다. 오랜만에 만나는 터라 나무 할아버지와 빌리는 손을 마주잡고 서로의 안부를 물었다. 그리고 어떻게 지냈는지 여러 가지 일들에 대하여 이야기를 나누었다.

　"빌리, 예전에 자네가 처음 방문 판매에 나섰을 때에는 하나도 팔지 못했는데, 두 번째 판매에서는 어떻게 했기에 그렇게 많이 팔 수 있었나?"

　빌리는 나무 할아버지의 물음에 미소를 지으며 천천히 이야기를 시작했다.

　"저는 고객들에게 열심히 편지를 보냈지만 구매 주문이 없자 그동안 해왔던 노력을 수포로 돌릴 수 없다는 생각에 마지막으로 한 번 더 고객들을 찾아가기로 마음먹었죠. 하지만 고객들은 한결같이 지금은 계획이 없으니 다음에 구입하겠다고 사양했고 한 대의 농기구도 팔지 못했습니다. 그러는 사이 가지고 있던 여비도 떨어졌고 저는 마지막 상담이라고 생각하고 그 지역에서 가장 큰 농기구 판매점을 찾아가 지배인을 만났습니다. 그는 '우리 가게는 체인점이기 때문에 물건 구입 결정은 모두 본사에서 하니 물건을

117

납품하고 싶다면 본사로 찾아가 상담하시오.' 라고 말했죠. 그에게 시간을 내주어 고맙다는 말을 하고 나오는데 다리가 휘청거릴 정도였죠. 제 모습이 너무 안돼 보였는지 그는 친절하게 본사 위치를 가르쳐 주며 행운을 빌어주었습니다."

"그래서 본사로 찾아갔단 말이지?"

"물론이죠. 모든 것을 포기하고 집으로 돌아가려고 버스 정류장에 도착해서 표를 사기 위해 지갑을 여는데 무언가가 바닥으로 떨어졌어요. 그것은 마법의 주문이 적혀 있는 종이였죠. 그 순간 힘들었던 시간이 마치 한편의 영화처럼 눈앞에서 떠올랐어요. 저는 자신도 모르게 매표소 직원에게 체인점 본사가 있다는 곳을 말하고 말았습니다. 표를 사고 나니까 집에 돌아갈 차비조차 없는 빈털터리였지만 왠지 하나도 걱정되지 않았어요. 사람들에게 물어물어 번화가 중심에 자리 잡은 커다란 빌딩을 찾은 저는 심호흡을 크게 몇 번 하고 용기를 내어 안으로 들어갔습니다. 안내원에게 찾아온 이유를 설명하고 구매담당자에게 연락을 부탁했더니 어디론가 전화를 한 후에 위층 사무실로 안내해 주었어요."

"허, 자네 용기가 대단하군 그래."

"할아버지, 그곳은 제가 여태껏 본 사무실 중에 가장 크

고 화려했어요. 구매담당자의 사무적인 목소리에 주눅이 들기도 했지만 이곳까지 오게 된 사연을 이야기하고 농기구 구입을 부탁했습니다. 그런데 제 말을 끝까지 들은 그가 조금 전과 달리 얼굴에 미소를 짓더니 서랍에서 한 묶음의 편지 다발을 꺼내어 책상 위에 올려놓는 게 아니겠어요. 그러더니 '이것이 우리와 관계를 맺고 있는 농장과 대리점들에서 당신이 성실하고 믿을 만하니 당신에게 농기구를 구매해 달라고 보내온 편지들입니다. 나는 이런 편지를 보내게 만든 인물이 누군가 궁금하여 꼭 한번 만나고 싶었습니다.' 라고 말하는 거예요. 그는 자신을 한스라고 소개하고 구입할 농기구에 대하여 이것저것을 물었어요. 저는 모르는 내용에 대해서는 본사에 전화를 걸어 확인하면서 친절하게 설명했어요. 한스는 만족해 하며 많은 농기구를 구입해 주었을 뿐만 아니라 다른 거래처도 여러 곳 소개시켜 주었습니다."

나무 할아버지는 빌리가 너무 자랑스럽게 느껴졌다. 이윽고 그가 친구들이 기다리고 있는 곳으로 가봐야 한다며 의자에서 일어났다.

"자네, 아직도 그 마법의 주문을 가지고 있나?"

나무 할아버지의 말에 빌리는 미소를 지으며 가볍게 고개를 끄덕였다. 그리고는 지갑에서 오래되어 색이 바랜 종이를 꺼내어 보여주었다. 그가 보여준 마법의 주문에는 이런 말이 적혀 있었다.

"처음부터 끝까지 순조롭게 진행되는 일이란 없다. 모든 일에는 실패와 좌절이 반드시 따라오기 마련이다. 나약한 자를 용서하지 않고 도태시키는 것이 자연의 섭리인 것처럼 좌절과 실패는 인간을 걸러내는 신의 섭리이다."

상대성의 원리

몇 달째 가뭄이 계속되자 버들마을에도 이곳저곳에서 여러 가지 문제가 생기기 시작하였다. 마을에 수돗물이 잘 안 나오는 것은 둘째 치고라도 농작물들이 말라죽기 시작한 것이었다. 타는 듯한 햇볕에 노인이나 아이들이 쓰러져 병원에 입원하는 일도 생겼다. 마을에 오래 살았던 노인들도 이런 가뭄은 평생 처음 겪는 일이라며 고개를 절레절레 흔들었다.

과수원을 하는 시몬은 가뭄이 시작되고부터 하루도 쉬지 않고 강에서 물을 끌어다 사과나무에 물을 주었지만 가뭄이 너무 오래되다 보니 하루 종일 물을 대어도 별로 소용이 없었다.

그날도 시몬은 아침 일찍 일어나 오전 내내 물을 대었다. 하지만 강한 햇볕에 건조할 때로 건조해진 땅은 솜이 물을 흡수하듯 순식간에 물의 흔적을 없애 버렸다. 그렇듯

물이 흔적도 없이 사라지는 것을 보자 시몬도 지치기 시작하였다. 시몬은 물대는 일을 포기하고 뜨거운 햇볕을 피해 나무 그늘 속으로 들어갔다. 시몬이 그늘에서 쉬고 있을 때 양손에 물통을 들고 언덕을 올라오는 나무 할아버지의 모습이 보였다.

"아니, 할아버지 이렇게 더운 날씨에 무엇을 하시는 겁니까?"

나무 할아버지는 손에 들었던 물통을 내려놓고 그늘에 앉아 있는 시몬을 쳐다보았다.

"공원에 물이 나오지 않아서 꽃과 나무에게 줄 물을 강에서 길어 오는 길이네."

"할아버지, 괜한 일 하지 마세요. 겨우 그 물통의 물로 언제 공원에 있는 꽃과 나무에게 모두 물을 줄 수 있단 말입니까?"

"물론 이 정도의 물을 가지고 공원 전체에는 큰 도움이 안 된다는 것을 잘 알고 있네. 하지만 이 물이라도 마신 꽃과 나무들에게는 큰 힘이 되지 않겠나."

"그래 봤자 비가 오지 않으면 모든 것이 쓸데없는 것 아닙니까?"

"비가 언제 올지는 아무도 모르는 일이고…… 혹시 아나, 이 한 통의 물을 마신 꽃과 나무들만이라도 비가 올 때까지 견디어 줄지."

　나무 할아버지는 다시 물통을 들고 언덕을 올라가기 시작했다. 그렇게 사라져가는 나무 할아버지의 뒷모습을 바라보고 있던 시몬은 무언가 골똘히 생각하는 듯하더니 나무 그늘에서 천천히 걸어 나오며 중얼거렸다.

　"나에게는 특별하지 않고 매일 매일 반복하는 일에 불과하지만 그 물을 마시는 나무들에게는 생사가 걸린 문제라는 것을 내가 잠시 잊고 있었구나……."

　시몬은 다시 나무들에게 물을 주는 일을 시작하였다.

　그렇게 지독했던 가뭄은 그로부터 열흘 후에야 끝이 났다. 그동안의 가뭄을 보상이라도 하듯 하늘에서 많은 비가 내려 해갈이 되었다. 하지만 그 비의 혜택을 받은 사람은 버들마을 사람들 중에서도 시몬과 같이 마지막까지 농사를 포기하지 않고 땅을 보살핀 몇 사람밖에 없었다.

　그 후 시몬은 아들에게 이렇게 말하곤 하였다.

　"아무리 하찮은 일이라도 소홀히 하지 마라. 너에게는 아무것도 아닌 일이 다른 사람에게는 생사가 걸린 중요한 문제일 수도 있단다."

언덕을 오르는 손수레

어느 마을이나 그렇듯이 마을 어딘가에는 사람들이 꺼리는 장소가 한두 곳 있기 마련이다. 버들마을에서 북쪽 숲 속으로 나 있는 오솔길을 걷다가 만나게 되는 낡은 통나무집이 바로 그런 곳이었다.

오래 전 그곳에는 한 남자가 이사를 와서 혼자 살았었다. 그는 말이 없는 데다 한 달에 한 번 식료품을 사기 위하여 마을로 내려오는 것이 전부였기 때문에 그 남자와 친분이 마을 사람은 물론 이름조차 아는 사람이 없었다. 그래서 그를 그냥 통나무집 남자라고 불렀다. 그런데 몇 달 동안 통나무집 남자가 마을에 나타나지 않자 궁금해진 마을 사람들이 통나무집을 찾아갔는데 벌써 죽은 지 오래되어 부패된 남자의 시신만 발견했다고 한다.

그 후부터 비 오는 날이나 흐린 날이면 아무도 살지 않는 그 통나무집에 불이 켜져 있는 것을 보았다거나, 검은

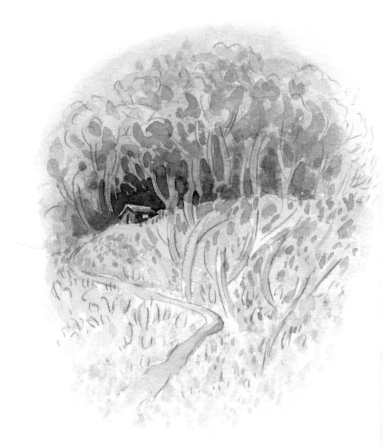

옷을 입은 남자가 숲 속을 서성거리는 모습을 보았다는 괴상한 소문이 끊이지 않았다. 그 뒤로 마을 사람들 대부분은 통나무집 앞을 지나는 오솔길을 피해 먼 길로 돌아서 지나다니곤 하였다.

그런데 한동안 잠잠했던 통나무집 남자의 유령 이야기가 다시 버들마을을 공포에 떨게 한 사건이 일어났다. 일주일 전쯤 밤에 통나무집 앞을 지나던 윌리엄이 그 집에 불이 켜져 있는 것을 보았다고 주장하고 나서부터였다.

처음 윌리엄이 그 이야기를 했을 때 사람들은 윌리엄이 잘못 보았을 거라며 그의 말을 심각하게 생각하지 않았다. 그러나 통나무집 주위에서 불빛과 이상한 남자의 모습을 보았다는 사람이 한두 명씩 늘어나면서 마을은 공포에 떨기 시작하였다.

며칠 후 저녁 무렵, 나무 할아버지는 윗마을에 볼일을 보러 갔다가 돌아오는 길에 지름길인 그 오솔길을 걸어 버들마을로 향했다. 그런데 막 통나무집 앞을 지나게 되었을 때 요즘 마을에 떠돌고 있는 소문처럼 그 집에서 불빛이 새어 나오는 것을 보았다. 그 순간 유령 같은 것을 믿지 않은 나무 할아버지도 등골이 오싹했다.

'어찌 아무것도 아닌 불빛을 보고 놀란단 말인가? 정말

두려운 것은 유령이 아니라 나의 마음속에 있는 두려움이다.'

나무 할아버지는 크게 심호흡을 하고 천천히 통나무집으로 다가가서 불빛이 새어 나오고 있는 창문으로 안을 들여다보았다. 어떤 남자가 탁자 위에 켜놓은 촛불 아래서 무엇인가 골똘히 생각하고 있는 모습이 보였다.

나무 할아버지는 집안의 그 남자가 예전에 마을에서 살다 몇 년 전 도시로 이사 간 루터라는 것을 알아보았다. 그리고 루터가 도대체 이곳에서 무엇을 하고 있는지 궁금하여 통나무집의 문을 열고 안으로 들어갔다.

무엇인가 생각에 빠져있던 루터는 누군가 안으로 들어서자 크게 놀랐는지 자리에서 벌떡 일어섰다. 그는 나무 할아버지를 알아보고 더 이상 안으로 들어오는 다른 사람이 없다는 것을 확인하며 안도의 표정을 지었다.

"아니, 할아버지께서 이곳에 웬일이십니까?"

"그것은 오히려 내가 묻고 싶은 말이네. 자네가 도대체 왜 이곳에 있나?"

루터는 한숨을 쉬면서 힘없이 자리에 앉으며 말했다.

"저라고 이런 곳에 있고 싶어서 있겠습니까?"

루터는 탁자 위에 있던 술을 한 잔 마시고는 통나무집에 있게 된 사연을 이야기하기 시작하였다.

"몇 년 전 마을에서 모든 것을 정리하고 도시로 떠난 것은 성공하기 위해서였습니다. 그러나 아무리 열심히 일을 해도 경험이 없어서인지 운이 없어서인지 하는 일마다 계속 실패했습니다. 그러다 마지막으로 이곳저곳에서 빌린 돈으로 시작한 사업까지 거래처의 부도로 문을 닫는 바람에 많은 빚을 졌죠. 어떻게든 수습해 보려 했지만 빚이 워낙 많아서 더 이상 감당하지 못하고 몸을 피해 여기로 도망친 것입니다."

루터는 탁자 위에 놓여 있던 술을 다시 한 잔 마셨다.

"할아버지, 정말 운이 없는 사람은 아무리 열심히 노력해도 성공할 수 없는 것입니까? 열심히 노력한 저는 이런 꼴이 되었는데, 물려받은 재산이 많거나 나쁜 짓으로 돈을 모은 사람들은 왜 떵떵거리며 잘 사는 겁니까? 하늘은 스스로 돕는 자를 돕는다는 말은 전부 거짓말입니다."

말을 끝낸 루터는 다시 술을 마셨다. 나무 할아버지는 붉게 충혈된 루터의 눈을 바라보았다.

"자네는 정말로 최선을 다하여 열심히 일했는데 하늘이 돕지 않아서 실패했다고 생각하는 건가?"

"그렇습니다. 정말 제가 할 수 있는 노력을 다했습니다."

루터의 대답에 나무 할아버지는 고개를 끄덕였다.

"알겠네. 자네가 그동안 어떻게 열심히 살았는지 한번

보도록 하지. 내일 날이 밝으면 맑은 정신으로 나를 찾아 공원으로 오게."

그 말을 남기고 나무 할아버지는 탁자 위에 놓여 있던 술병을 들고 통나무집을 나섰다.

다음날 나무 할아버지는 밤새 잠을 못 잤는지 피곤한 얼굴로 찾아온 루터에게 짐이 가득 담긴 손수레를 가리키며 그것을 끌고 따라오라고 말하며 앞장서서 걸었다.

루터는 무슨 영문인지 몰랐지만 나무 할아버지가 시키는 대로 손수레를 끌고 뒤를 따랐다. 길이 평지였기 때문에 그는 크게 힘들이지 않고 나무 할아버지를 따라갈 수 있었다.

그렇게 길을 가던 나무 할아버지가 갑자기 마을 앞 언덕에서 멈춰 섰다. 그리고 루터가 가까이 오자 언덕 위를 가리키며 말했다.

"저 언덕만 올라가면 되니 조금 더 힘을 내게."

나무 할아버지는 그 말을 남기고 혼자 언덕 위로 올라가 버렸다. 루터는 왜 이런 일을 시키는지 이유를 물으려다가 그만두고 고개를 돌려 손수레를 쳐다보았다. 손수레에 실린 짐의 양으로 보아 혼자 힘으로 언덕을 올라가기에는 불가능해 보였다. 최소한 서너 명은 더 있어야 가파른 언덕

길을 올라갈 수 있을 것 같았다.

루터는 할 수 없이 지나가는 사람들에게 도움을 청했다. 그의 부탁에 지나가던 한두 사람이 도움을 주려고 걸음을 멈추었지만, 손수레가 언덕을 오르는 데 필요한 네 사람을 채우기 위하여 다른 사람들에게 도움을 청하는 사이에 기다리던 사람들이 그냥 가 버리고 말았다.

한참 후 결국 혼자 남은 루터는 그제야 위에서 기다리고 있을 나무 할아버지에게 생각이 미쳤다. 그러자 되든 말든 혼자서라도 올라가기로 마음먹고 손수레를 끌고 천천히 언덕을 오르기 시작하였다. 그러나 얼마 올라가지도 않았는데 손수레가 조금씩 뒤로 밀리기 시작했다. 루터는 온 힘을 다하여 뒤로 밀리지 않으려고 했지만 그럴수록 손수레와 함께 조금씩 더 뒤로 밀리기 시작했다.

그런데 잠시 후 루터는 뒤로 밀리던 손수레가 앞으로 나아가는 것을 느끼고 무슨 일인가 하여 뒤를 돌아보았다. 처음 보는 낯선 사람이 열심히 손수레를 밀어주고 있었다. 뒤에서 밀어주는 사람이 생기자 루터는 좀더 힘을 내어 언덕을 오르기 시작하였다. 그런데 어찌 된 일인지 언덕을 올라가면 올라갈수록 오히려 힘이 들지 않았다. 루터가 다시 뒤돌아보니 언제부터였는지 여섯 명이나 되는 사람이 뒤에서 손수레를 밀어주고 있었다.

그렇게 해서 루터는 별로 힘들이지 않고 언덕을 무사히 오를 수 있었다. 자신을 도와 준 사람들에게 감사의 인사를 하는 루터에게 나무 할아버지가 미소를 지으며 다가왔다.

"수고했네. 시간이 조금 걸리기는 하였지만 그래도 무사히 이곳까지 올라왔군."

"저 혼자 힘으로 올라왔나요, 다 사람들이 도와준 덕분이지요."

루터는 겸연쩍어 하며 대답했다.

"그래, 다른 사람들이 어떻게 자네를 도와주었나?"

"그게 조금 이상합니다. 처음에 제가 도와달라고 부탁을 할 때에는 잘 도와주지 않던 사람들이 나중에는 도와달라는 말을 하지도 않았는데 자발적으로 나서서 손수레를 밀어주었습니다. 어찌 된 영문인지 잘 모르겠습니다."

"거기에는 다 이유가 있다네. 처음 자네가 밑에서 쉬면서 도움을 청했을 때에는 언덕 위로 올라가려는 마음은 있었지만 열정이 없었네. 그러나 혼자서라도 손수레를 끌고 올라가야겠다고 마음먹고 나서 자네의 열정은 점점 커졌고, 그 열정에 지나가던 사람이 감동하여 자네를 돕게 된 것이네. 한 사람이 두 사람이 되고 다시 세 사람이 되고…… 자네의 열정이 커질수록 더욱 많은 사람들이 자네를 돕게 된 것이지. 자네의 열정에 주위에 있던 사람들이 반응하는 것은 마치 곤충이 빛의 주위에 모여드는 것과 같이 자연스러운 현상이네. 루터, 하늘이 항상 기적을 내려주지는 않아도, 최선을 다하여 노력하는 사람의 열정에는 꼭 응답한다는 것을 명심하게."

나무 할아버지는 그 말을 남기고 언덕을 내려갔다.

며칠 후 루터는 나무 할아버지를 찾아와 감사의 인사를 하고 일을 수습하러 간다며 버들마을을 떠났다. 나무 할아버지는 얼마 후에 도시에서 온 사람에게서 루터가 빚 문제를 해결하고 다시 사업을 시작하였다는 반가운 소식을 들을 수 있었다.

꿈꾸는 자의 행복

버들마을에 처음 온 사람들은 가끔 들리는 '퍼—엉, 퍼엉!' 하는 커다란 폭발 소리에 크게 놀라곤 했다. 그러나 버들마을 사람이라면 그런 폭발 소리가 들려도 아무도 놀라는 사람이 없었다.

"어젯밤에 폭발 소리가 꽤 크게 들리던데 할리에게 아무런 일이 없었는지 모르겠군."

"걱정하지 말게. 일주일 전에는 그보다 더 큰 폭발음이 났는데도 아무 일 없었는데 그 정도 가지고 무슨 일이 있을라구."

버들마을 사람들이 그렇게 안심하는 이유는 그 폭발음이 마을 입구에 있는 할리의 실험실에서 나는 소리라는 것을 잘 알고 있기 때문이었다.

할리는 버들마을에서 발명가로 통하는 인물로, 그가 자신의 실험실에서 항상 무엇인가를 발명하려고 실험을 하는 통에 하루가 멀다 하고 폭발 소리가 들렸다.

그러나 보름달이 밝은 어느 날 밤, 보통 때보다 몇 배나 큰 폭발 소리가 밤하늘을 울렸고 뒤이어 소방차와 경찰차가 출동하는 커다란 소란이 일어났다. 그날의 폭발 소리가 얼마나 컸는지 폭발 소리에 익숙해져 있던 마을 사람들까지 자다 일어나 무슨 일인지 알아보기 위하여 할리의 실험실로 모여들 정도였다.

그 소동으로 할리는 경찰서로 조사를 받으러 갔고 마을 사람들도 새벽이 될 때까지 잠을 이루지 못하며 모두들 어수선한 밤을 보냈다.

나무 할아버지가 할리를 다시 본 것은 그런 일이 있은 지 일주일이 지나서였다. 나무 할아버지는 길 건너편에 초라한 모습으로 힘없이 의자에 앉아 있는 할리를 발견했다. 나무 할아버지는 그에게 가려고 길을 건너려다 고급 승용차가 할리 앞에 멈춰 서는 것을 보았다. 차 안에서는 말쑥한 정장 차림의 중년 신사가 내렸다.

"이보게, 자네 혹시 할리 아닌가?"

중년 신사의 말소리에 고개를 든 할리는 자신 앞에 서 있는 신사를 보고는 아는 사이였는지 가볍게 인사를 하였다. 인사를 받은 신사는 할리의 모습을 보고 안됐다는 표정을 지으며 말했다.

"자네 소식은 들었네. 이제는 그런 시시한 물건을 발명한다고 자네의 뛰어난 재능을 낭비하지 말고 다시 회사로 돌아오게. 만일 자네가 다시 회사로 돌아오겠다면 지난번보다 더 좋은 대우를 해주겠다고 약속하겠네. 왜 자네 같은 일급 엔지니어가 이런 고생을 사서 한단 말인가?"

중년 신사는 지갑에서 돈과 명함을 꺼내어 할리에게 건네주며 다시 한번 말했다.

"이것으로 목욕하고 식사한 후에 새 옷이라도 사 입고 나를 찾아오게."

잠시 망설이던 할리가 돈을 받자 중년 신사는 미소를 지었다.

"지금은 내가 약속이 있어 그만 가봐야 하니까 빠른 시일 안에 꼭 찾아와야 하네."

중년 신사는 차를 타면서도 꼭 찾아오라고 몇 번인가 할리에게 당부하고는 그곳을 떠났다. 할리는 손에 든 돈과 명함을 보며 잠시 무엇인가 생각하다 자리에서 일어났다.

나무 할아버지는 중년 신사가 건네준 돈을 가지고 사라져 가는 할리를 보며 한편으로 마음이 놓이면서도 다른 한편으로는 왠지 모르게 아쉬운 느낌도 들었다.

그런 만남이 있은 지 며칠 후, 나무 할아버지가 게일의 집에서 사람들과 마을일을 의논하고 있을 때 갑자기 '퍼—엉!' 하는 폭발 소리가 들렸다. 그 소리를 듣는 순간 나무 할아버지는 그만 자신도 모르게 큰 소리를 내며 웃고 말았다.

나무 할아버지의 갑작스런 웃음에 함께 있던 마을 사람들은 어리둥절해 했다. 그러자 나무 할아버지는 얼굴에 미소를 띠며 말했다.

"아직도 세상에 옛말을 실천하는 사람이 있다고 생각하니 나도 모르게 유쾌하여 웃음이 나온 것이네."

나무 할아버지가 여전히 알아들을 수 없는 말을 하자 더욱 궁금해진 사람들이 다시 물었다.

"할아버지, 저 엉터리 발명가 할리가 무슨 옛말을 실천하고 있다는 말입니까?"

나무 할아버지는 할리의 실험실이 있는 곳을 바라보며 대답했다.

"사람은 빵이 없이도 얼마간 살 수 있지만, 꿈을 잃으면 그 순간이 죽음이다."

실패를 두려워하지 않는 사람

대학을 갓 졸업한 사람이 신문사를 차렸다면 사람들은 아마 크게 놀랄 것이다. 하지만 부시가 대학을 졸업하자마자 자신의 이름을 딴 《부시신문사》를 차렸을 때 버들마을 사람들은 그 누구도 놀라지 않았다. 그는 이미 어렸을 때부터 유능한 신문기자로 통했기 때문이었다.

그의 부모 말에 따르면 부시가 처음 기자의 자질을 보인 것은 세 살 때였다고 한다. 부시는 또래 아이들이 장난감을 가지고 놀 때 장난감 대신 신문을 가지고 놀기를 좋아했고, 여덟 살이 되었을 때는 마을 사람들의 이야기를 색연필로 도화지에 그려 처음으로 신문을 만들었다고 한다.

또한, 중학교에 들어가서는 어디서 구했는지 등사기로 신문을 만들어 팔기도 하였다. 그때 만든 신문기사는 어느 집 소가 새끼를 낳았고, 어느 집 아들이 결혼을 하였다는 등 버들마을의 시시콜콜한 이야기들이었다. 그래서 그랬는지 그 신문은 몇 주 동안 공들여 만들었음에도 불구하고 단 두 부만 팔렸을 뿐이었다. 그것도 그의 어머니와 누나가 사준 것이었다.

그 후 부시는 나름대로 자신의 신문이 실패한 원인을 분석하였다. 그러다 신문에 특종이 없었기 때문이라고 결론을 내리고, 그날부터 특종을 찾아 마을의 이곳저곳을 돌아다니기 시작하였다.

그렇게 몇 달을 아무런 성과 없이 보내던 중 부시는 우연히 놀라운 소식을 듣게 되었다. 제임스의 가게 앞에 잠시 세워 놓았던 자동차가 도난당하여 마을 입구 도랑에 빠진 채 발견된 사건에 관한 것이었다. 부시가 우연히 동네 형들이 이야기하는 것을 엿들어 그 사건의 범인을 알게 된 것이었다. 그 사건의 범인은 옆 마을에 사는 고등학생들이었다. 그들은 버들마을에 놀러왔다가 가게 앞에 세워 놓은 자동차 안에 열쇠가 꽂혀 있는 것을 발견하고 장난으로 차를 몰고 가다가 사고를 내게 되자 차를 버리고 도망갔던 것이었다.

다음날 부시는 그 사실을 머리기사로 신문을 만들었고, 신문은 나온 지 얼마 되지 않아 모두 팔렸다. 물론 부시는 그 기사의 주인공들에게 보복을 당했지만 그는 그 사건마저 기사화하여 다시 한번 신문을 모두 팔았다.

그런 일들이 있고부터 마을 사람들은 항상 부시를 만나면 먼저 "부시, 오늘은 무슨 특종이 있나?"라고 묻곤 하였다. 그러면 그는 어깨를 들썩이며 "지금 취재 중입니다."라고 대답하곤 하였다.

　　부시가 버들마을에 신문사를 차린 지 몇 달이 지났지만 신문은 좀처럼 팔리지 않았다. 그날도 여느 날처럼 아침 일찍 일어나 기사를 찾아 돌아다녔지만 그가 건진 기사라고는 어느 집 생선이 없어졌다느니 밤새 어느 집 화분이 깨졌다느니 하는 것뿐이었다.
　　한참을 돌아다니느라 지친 부시가 공원 의자에 앉아 쉬고 있을 때 자전거를 타고 어디론가 가던 팀이 부시를 발견하고는 자전거를 멈춰 세우며 다가왔다.
　　"부시, 무슨 좋은 소식이라도 있나?"
　　"지금 취재 중입니다. 그런데 어디를 그렇게 급하게 가십니까?"
　　"윌슨씨가 며칠 쉬기 위하여 내일 별장으로 온다는 연락이 왔다네. 그래서 시장으로 물건 사러 가는 길이네. 그럼 다음에 보세."
　　팀은 다시 자전거에 올라타고는 언덕 아래로 사라져갔다. 팀의 모습을 보고 있던 부시는 그 순간 좋은 생각이 떠올랐다. 그것은 바로 윌슨을 인터뷰하여 기사화하는 것이었다. 윌슨은 누구나 다 아는 재벌이지만 외부와 접촉을 피하고 지내는 인물이어서 많은 사람들이 그에 대하여 궁금해 하고 있었다.

만일 그런 윌슨을 인터뷰할 수만 있다면 특종이 될 것이 틀림없었다. 부시는 미소를 지으며 신문사로 돌아갔다.

다음날부터 부시는 윌슨을 인터뷰하기 위하여 여러 번 취재 신청을 했지만 번번이 거절당했고, 한번은 몰래 담을 넘다가 경호원들에게 발각되어 쫓겨난 적도 있었다. 그러는 동안 윌슨이 별장에 머무는 마지막 날이 되었다. 부시는 초조한 마음에 아침 일찍부터 별장 주위를 서성거리다 물건을 사러 나가던 팀에게 좋은 소식을 들었다. 그것은 윌슨이 평소 친분이 있던 나무 할아버지를 저녁 식사에 초대했다는 소식이었다.

부시는 곧바로 나무 할아버지를 찾아가 윌슨이 초대한 저녁 식사에 자신도 함께 갈 수 있게 해달라고 부탁하였다. 윌슨의 깐깐한 성격을 잘 아는 나무 할아버지는 처음에는 부탁을 거절했지만 부시가 계속 사정을 하자 더 이상 거절하기 힘들어 그에게 협상안을 내놓았다.

"내가 자네와 함께 가기는 하겠지만 만일 윌슨이 참석을 승낙하지 않으면 곧바로 돌아가야 하네."

부시는 나무 할아버지의 조건을 승낙하고는 신문사로 돌아와 저녁 인터뷰를 위하여 월슨에 대하여 조사한 것을 다시 한번 점검하였다.

월슨은 가난한 집에서 태어나 자수성가한 사람으로 어떤 사업을 해도 실패한 적이 없어 모두 그를 '미다스의 손'이라고 불렀다. 그를 더욱 유명하게 만든 것은 독특한 인재 등용 방법이었다. 적자투성이의 기업을 인수해도 월슨이 보낸 사람들이 일을 시작하면 얼마 가지 않아 그 기업이 적자에서 흑자로 돌아섰고 크게 성장했다. 그렇다고 그가 사람들을 따로 교육시키는 것도 아니었기 때문에 사람들은 그를 '인재 등용의 마술사'라고 부르기도 하였다.

약속 시간에 맞춰 월슨의 별장에 도착한 나무 할아버지와 부시는 별장 뒤에 있는 아름다운 정원으로 안내되었다. 나무 할아버지가 월슨에게 부시를 소개하자 그는 부시를 한번 보고는 미소를 짓더니 집사에게 자리를 하나 더 마련하도록 지시하였다.

나무 할아버지는 월슨과 식사를 하며 이런저런 이야기를 나누었다. 그러다가 초조해 하는 부시의 모습을 보고는 화제를 돌려 이곳에 오기 전에 부시가 부탁한 질문을 하나씩 던지기 시작하였다.

월슨은 평소와는 다른 화제를 꺼내는 이유를 묻지 않고

나무 할아버지의 질문에 성의 있게 대답해 주었다. 이야기가 모두 끝나갈 때쯤 부시는 훌륭한 기사거리를 얻을 수 있었다. 하지만 부시는 미처 하지 못한 질문이 있자 잠시 망설이다가 조심스럽게 윌슨에게 직접 질문을 던졌다.

"당신이 인재를 판단하는 가장 중요한 기준은 무엇입니까?"

윌슨은 부시를 잠시 바라보다가 입을 열었다.

"내가 인재의 자질을 판단할 때 가장 중요하게 생각하는 기준은 그 사람이 실패했을 때 어떻게 대처하느냐 하는 것이네."

"실패할 때 어떻게 대처하느냐를 가장 중요하게 생각하신다구요?"

"그렇다네. 나는 성공했을 때는 그 사람의 진정한 모습이 잘 나타나지 않지만, 실패했을 때에는 그 사람의 진정한 모습이 잘 나타난다고 생각하네. 다른 회사에서는 일을 하던 사람이 실수를 하면 문책을 하지만 우리 회사에서는 그가 자신의 실수를 마무리하는 모습을 보며 문책을 한다네. 실수는 누구나 할 수 있지만 그 실수를 마무리하는 것은 아무나 할 수 있는 것이 아니라네. 자신의 실수를 훌륭하게 마무리할 수 있는 사람이라면 훌륭한 인재인 것이지."

윌슨의 대답에 감동을 받은 부시는 그 날의 취재를 만족스럽게 끝낼 수 있었다.

　다음날 부시가 만든 신문은 나온 지 얼마 되지 않아 모두 팔리는 대성과를 올렸다. 들리는 소문에 따르면 월슨도 버들마을을 떠나는 길에 부시의 신문을 한 부 사갔다고 한다.

영원히 꺼지지 않는 촛불

커다란 새가 날개를 접듯 버들마을에 서서히 어둠이 찾아왔다. 길가의 가로등만이 힘겹게 주변을 밝히고 있는 깊은 밤, 술에 잔뜩 취한 한 남자가 비틀거리며 공원 언덕을 올라가고 있었다. 그는 이 한밤중에 무언가를 찾는지 한참 주위를 두리번거렸다. 잠시 후 찾던 것을 못 찾았는지 다시 버들마을에서 별이 가장 잘 보이는 공원 뒤쪽의 숲으로 향했다. 그는 한참 두리번거린 후에야 언덕 가까이 있는 의자에 앉아 있는 나무 할아버지를 발견하고는 술에 잔뜩 취한 목소리로 말했다.

"할아버지는 예전이나 지금이나 여전하시군요."

나무 할아버지는 자신을 부르는 소리에 별을 보던 시선을 돌려 중년 사내를 쳐다보았다.

"제가 누군지 아시겠어요?"

나무 할아버지도 처음에는 중년 사내의 모습이 낯설었

지만 왼쪽 눈 위에 희미하게 남아 있는 십자모양의 상처를 발견하고는 그가 바로 어렸을 때 공원에 자주 들러 옛날이야기를 듣곤 하던 카일이라는 것을 알아차렸다.

카일은 마을에서 약간 떨어진 곳에서 홀어머니와 함께 살았는데 말수가 적고 수줍음을 많이 타는 아이였다. 그러나 거친 친구들과 어울리면서부터 점점 비뚤어진 아이가 되어 갔고, 그 후로는 나무 할아버지에게도 찾아오지 않았다. 나무 할아버지가 마을에서 카일에 대해 마지막으로 들은 소식은 그가 고등학교를 졸업할 때쯤 나쁜 친구들과 어울리다 사고를 일으켜 경찰서에 다녀왔다는 것과, 그의 어머니가 크게 야단치자 막무가내로 대들고는 집을 나와 도시로 갔다는 것이었다.

그 후에 마을에는 그가 도시에서 사업에 성공하여 큰돈을 벌어 부자가 되었다는 소문도 돌았다. 하지만 그의 어머니가 여전히 허름한 집에서 혼자 집 앞 텃밭에서 키운 채소들을 팔아 힘들게 살아가는 모습을 보고 모두들 헛소문이라고 생각하였다.

그런 카일이 근 20년 만에 그것도 한밤중에 불쑥 술에 취한 모습으로 나무 할아버지를 찾아온 것이었다.

"정말 카일이군. 오래간만이네. 그래 그동안 잘 지냈나?"

그는 20년이 지난 지금도 자신을 알아보고 반갑게 맞아 주는 나무 할아버지를 대하자 갑자기 설움이 복받쳐 올랐다. 그는 자신도 모르게 무릎을 꿇고, 나무 할아버지의 다리에 머리를 기댄 채 흐느껴 울기 시작하였다. 그렇게 한참을 울고 나자 어느 정도 진정되었는지 울음을 멈추고 일어나 의자에 앉았다. 그제야 자신이 큰 소리로 운 것이 쑥스러웠는지 계면쩍은 표정을 지으며 손수건을 꺼내 눈물을 닦았다.

"사실, 어제 저녁에 혼자 죽으려고 했습니다. 그러자 왠지 이곳 버들마을 정경이 자꾸 생각나 마지막으로 한번 와 보자는 생각으로 찾아온 것입니다."

나무 할아버지는 카일의 말에 크게 놀라며 물었다.

"아니, 도대체 그게 무슨 말인가?"

"제가 어머니의 꾸중을 핑계로 마을을 떠나 도시로 나간 후 처음 몇 년 동안 많은 고생을 했습니다. 그러나 운이 좋았는지 얼마 후 시작한 장사가 성공하여 돈도 제법 벌고, 결혼도 하여 그동안 남부럽지 않게 살았습니다. 그러나 얼마 전 큰돈을 투자한 사업이 실패하는 바람에 순식간에 제가 가진 모든 것을 잃게 되었습니다. 그러자 친하게 지냈던 친구들도 이 핑계 저 핑계 대며 만나 주지 않았고, 아내 마저도 고생하기 싫다며 얼마 전에 제 곁을 떠나고 말았습니다. 이렇게 모든 사람들에게 버림받고 저는 더 이상 살고 싶은 생각이 없어……."

나무 할아버지는 카일의 어깨를 보듬으며 조용히 말했다.

"정말 자네를 사랑하는 사람이 이 세상에 아무도 없다고 생각하나?"

"네, 도대체 어떤 사람이 저 같은 빈털터리에게 관심을 갖는단 말입니까!"

그는 따지듯 물었지만 나무 할아버지는 여전히 조용한 목소리로 말했다.

"자네가 어떤 모습으로 있던 절대로 외면하지 않을 한 사람이 이 세상에 있네. 나를 따라오게."

나무 할아버지가 자리에서 일어나 앞장서서 걷기 시작하자 카일도 할 수 없이 뒤를 따랐다. 그렇게 나무 할아버지의 뒤를 따라가던 그는 문득 길 옆에 있는 거북이 모양의 바위를 보는 순간 그곳이 어딘지 알고 깜짝 놀랐다. 이윽고 앞장서서 걷던 나무 할아버지가 걸음을 멈추고 손을 들어 앞쪽을 가리켰다.

"내가 조금 전에 말한 사람이 저곳에 있네."

나무 할아버지가 가리킨 곳에는 큰바람이라도 한번 불면 쓰러질 듯 보이는 허름한 집 창 밖으로 조그마한 불빛이 새어 나오고 있었다.

그때 삐거덕 하고 허름한 집의 문이 열리더니 허리가 구부러진 노파가 손에 조그마한 촛불을 들고 밖으로 나오는 것이 보였다. 카일은 그 노파의 모습에서 시선을 뗄 수 없었다. 노파는 촛불을 바위 위에 올려놓고 두 손을 모아 기도하기 시작했다. 노파의 기도 소리가 생생히 들려왔다.

"하느님, 제 아들이 몸 건강히 무사하도록 돌봐주십시오. 제 아들이 집으로 돌아올 수 있도록 보살펴주십시오……."

카일은 자신도 모르게 두 눈에서 눈물이 흘러내렸다. 나무 할아버지는 가만히 그의 어깨에 손을 얹으며 말했다.

"잘 보게. 지금 자네 어머니가 촛불을 올려놓은 곳이 어디인지 말이야."

카일은 흐릿한 눈을 뜨고 나무 할아버지가 가리킨 곳을 바라보았다. 자세히 보니 처음에 자신이 거북바위라고 생각했던 것이 사실은 바위가 아니라 커다란 촛농덩어리라는 것을 알 수 있었다.

"카일, 어머니는 자네가 집을 나가 도시로 떠났다는 소식을 전해 듣고 자네가 갔다는 도시를 향해서, 지난 20년 동안 하루도 빠짐없이 비가 오나 눈이 오나 촛불을 켜고 기도를 했다네. 그동안 촛농이 모여 저렇게 커다란 바위처럼 된 것이네. 자네는 조금 전 나에게 죽으려고 했을 때 갑자기 이곳의 정경이 떠올랐다고 말했지만, 사실은 어머니의 모습이 떠올랐던 것이 아닌가? 자네가 도시에서 성공할 수 있었던 행운 뒤에는 어머니의 저런 간절한 기원이 있었고, 자네가 죽으려고 할 때 무사하도록 돌보고 이곳까지 오게 한 것도 자네 어머니의 간절한 기도의 힘이라네."

카일은 나무 할아버지가 가만히 어깨를 잡았던 손을 놓자 강물이 바다로 흘러가듯 기도를 드리고 있는 어머니에게 다가갔다.

나무 할아버지는 카일과 어머니가 부둥켜안고 재회의 기쁨을 나누는 것을 가만히 바라보았다.

"카일, 세상의 모든 사람이 자네를 외면하고 신에게마저 버림받았다고 생각되더라도 절망하지 말게. 왜냐하면 세상에 어머니라는 이름을 가진 한 사람만은 결코 자네를 외면하지 않을 테니까."

어느 화가의 고백

    토머스의 그림전시회를 구경하고 돌아오던 밥은 아직 전시회의 흥분이 가시지 않았는지 버스를 타고 버들마을로 향하는 내내 멍한 표정으로 창 밖만 바라보고 있었다.

    화가를 꿈꾸는 밥에게 버들마을 출신인 토머스는, 다른 사람들이 마을의 자랑으로 생각하는 것 이상의 존재였다. 밥은 전시회에 가는 경비를 마련하기 위하여 열심히 아르바이트를 하였다. 하지만 그가 모은 돈으로는 차비조차 할 수 없었다. 전시회 전날까지 토머스의 전시회에 갈 수 없다는 사실에 크게 실망한 밥은 의기소침해 있었다. 그러나 그 소식을 들은 나무 할아버지가 토머스가 보내준 초청장 중 한 장을 밥에게 주어서 어렵게 전시회에 갈 수 있었던 것이다.

    창 밖을 바라보며 미소 짓고 있는 밥을 보고 나무 할아버지가 읽던 책을 덮으며 물었다.

"전시회가 무척 재미있었던 모양이구나."

"네, 제가 토머스의 작품을 직접 보았을 뿐만 아니라, 그를 만나 사인도 받고 이야기도 나누었다는 것이 아직도 믿어지지 않아요!"

전시회 이야기가 나오자 밥은 다시 흥분이 되는지 잔뜩 상기된 표정이었다.

"아까 보니 토머스와 오랫동안 이야기를 나누던데 무슨 이야기를 그렇게 오래 한 거냐?"

"아, 그거요. 처음에는 제가 평소 토머스 작품을 보며 궁금하게 생각하고 있었던 것들을 물었고, 나중에는 어떻게 하면 훌륭한 화가가 될 수 있는지도 물었어요"

"그래, 훌륭한 화가가 되기 위해서는 어떻게 해야 한다고 하더냐?"

"포기하지 않고 열심히 노력하는 길만이 자신의 꿈을 이룰 수 있는 방법이라고 충고해 주었습니다."

"토머스가 좋은 충고를 했구나."

나무 할아버지는 고개를 끄덕이며 말했다.

"그런데 할아버지, 제가 열심히 노력하면 토머스 같은 훌륭한 화가가 될 수 있을까요?"

"물론이지. 누구나 포기하지 않고 열심히 노력한다면 자기가 원하는 것을 이룰 수 있단다."

"하지만 저 같은 보통 사람과 달리 뛰어난 재능은 타고
나는 것 같던데……."

밥은 자신 없는 말투로 말했다.

"물론 그런 경우도 있겠지만 꼭 그렇지만은 않단다. 우
리가 조금 전에 만나고 온 토머스도 어렸을 때에는 그렇게
그림을 잘 그리지는 못했단다. 다만 그림 그리는 것을 무
척 좋아했을 뿐이지."

밥은 토머스에게도 그런 시절이 있었다는 것이 믿어지
지 않는지 놀라는 눈치였다.

"정말로 토머스가 어렸을 때에는 그림을 못 그렸나요?"

"물론이란다."

"그럼 어떻게 지금 같은 훌륭한 화가가 된 거죠?"

"토머스가 훌륭한 화가가 된 비결은 재능보다는 그의 말
대로 포기하지 않고 끊임없이 노력한 결과란다. 그보다 그
림을 잘 그리는 사람은 많았지만 그보다 열심히 그리고 많
이 그림을 그린 사람은 없었단다. 토머스는 밤이고 낮이고
손에서 스케치북과 붓을 놓지 않았지."

"그렇게 열심히 노력하여 뛰어난 재능을 가지게 된 거로
군요."

밥은 이제 알았다는 듯 고개를 끄덕였다. 그러나 나무
할아버지는 고개를 저었다.

"아니란다. 토머스는 그렇게 열심히 노력하였는데도 좀처럼 실력이 늘지 않았지. 그래서 한때 좌절하여 화가가 되는 꿈을 포기하고 다른 길을 가려고 했던 적도 있었단다."

"그가 화가가 되는 꿈을 포기하려 했다고요?"

"그래. 토머스는 그 결심이 흐트러질까봐 그때까지 그렸던 그림을 모두 불태우기도 했단다."

"그럼, 어떻게 지금처럼 유명한 화가가 될 수 있었죠?"

"그것은 아마도 그가 모든 것을 잊기 위하여 떠났던 여행에서 얻은 교훈 때문이 아닐까 생각되는구나."

"모든 것을 잊기 위하여 떠났던 여행에서 얻은 교훈이라고요?"

나무 할아버지는 아주 오래 전에 토머스가 해주었던 이야기를 회상했다.

토머스는 그림 그리는 것을 포기하고 새로운 출발을 하려고 여행을 떠났다. 정처 없이 이곳저곳 무작정 돌아다니다 우연히 간척사업을 하는 곳에 들르게 되었다. 그리고 여러 대의 트럭이 바다 속에 많은 돌들을 쏟아 붓고 있는 모습을 보게 되었다. 토머스는 그 작업을 벌써 1년 넘게 하고 있다는 말을 듣고는 그곳에서 일하는 사람들도 쓸데없는 일을 하고 있다는 생각이 들었다. 그래서 우연히 알게

된 현장기사에게 되지도 않는 일에 힘쓰지 말라고 충고해 주었다. 하지만 그는 미소를 짓더니 한 달 후에 다시 이곳에 들르면 놀랄 만한 것을 보여주겠다고 장담했다.

그 후에 토머스는 다른 곳을 여행하다 약속한 한 달이 되어 그곳을 다시 찾아갔다. 그때 가장 눈에 띈 것은 바다를 막은 방파제와 이미 상당 부분 메워진 방파제 안쪽의 광경이었다. 그것을 보고 크게 놀란 토머스는 한 달 전 만나기로 약속한 현장기사를 찾아갔다.

"겉에서 보기에는 바다에 돌을 넣는 것이 아무런 흔적도 없어서 무의미한 일인 듯이 보이지만 그 안에 들어간 돌들은 눈에 보이지 않았을 뿐이지 바닥에 차곡차곡 쌓이고 있는 것입니다. 그러기에 끊임없이 노력한다면 언젠가는 그 돌이 수면 위로 올라오게 되고 그 후부터는 눈에 보이는 성과가 나타나게 되는 겁니다. 이러한 원리는 바다를 메우는 데에만 적용되는 것이 아니라 사람들이 목표를 이루기 위하여 노력하는 데에도 필요하다고 봅니다. 비록 노력의 결과가 당장 눈에 보이지 않는다 하여도 포기하지 말아야 합니다. 포기하고 나면 그나마 보이지 않는 곳에 있었던 성과마저도 사라져 버리게 되니까 말입니다."

현장기사의 이야기를 듣고 나자 토머스는 자신이 너무 부끄러웠다. 그래서 그동안 쌓았던 그림 실력이 수면에 나

타날 때까지 끝까지 노력하기로 마음먹고 그날로 여행에
서 돌아와 한시도 쉬지 않고 계속 그림을 그렸다.

나무 할아버지가 토머스의 이야기를 모두 해주었을 때
버스가 버들마을에 도착한다는 안내방송이 나왔다. 그러
나 밥은 생각에 잠겨서 나무 할아버지가 버스에서 내리며
자신의 이름을 부를 때까지 멍하니 앉아 있었다.

정신을 차리고 버스에서 내린 밥은 나무 할아버지와 헤
어져 집으로 돌아가는 길에 자신의 모습을 뒤돌아보았다.
그동안 무슨 일을 시작하면 열심히 노력하지도 않고 금방
포기하던 자신이 너무 부끄러웠다.

지나침과 부족함

나무 할아버지와 칩은 자선 단체의 불우이웃 돕기 행사에 자원봉사 요원으로 행사의 진행을 도왔다. 자선 행사는 저녁이 되어서야 끝이 났고 나무 할아버지와 칩은 함께 일했던 자원봉사 요원들과 저녁 식사를 함께 하고는 마을로 돌아가기 위하여 버스 정류장으로 향했다. 마을로 가는 버스를 기다리던 칩은 이런저런 생각을 하다가 문득 며칠 전부터 궁금해 하던 것이 생각나 나무 할아버지에게 물었다.

"할아버지, 선행에도 적당한 양이 있나요?"

"왜 갑자기 그런 것을 묻는 거냐?"

"얼마 전에 할아버지께서 하신 말씀 중에 조금 맞지 않는 말이 있는 것 같아서요."

나무 할아버지는 약간 어리둥절한 표정을 지으며 말했다.

"내가 했던 말 중에 맞지 않는 게 있다고?"

"네!"

"그래? 내가 무슨 말을 했더냐?"

"며칠 전에 지나친 것은 오히려 부족한 것만 못하다고 하셨잖아요. 그 말대로라면 선행도 많이 하는 것이 오히려 안 하느니만 못하다는 뜻인데, 왜 선행을 많이 하면 안 되는 거지요? 선행은 많이 하면 할수록 좋은 것 아닌가요?"

나무 할아버지는 미소를 지으며 말했다.

"좋은 질문이구나. 그러나 아무리 선행이라 하여도 역시 정도가 지나치면 좋지 않단다."

"저는 이해가 잘 안 되는데요."

"아무리 선행을 하는 것이 좋다고 해도 한 가정을 책임진 가장이 자기 일이나 가족을 돌보지 않고 선행만 한다고 생각해 봐라. 그 사람의 인생과 가족은 어떻게 되겠느냐? 선행이라 하여도 사람에 따라 적당한 양이 있는 것이란다."

"사람에 따라 적당한 양이 있다구요?"

"그렇단다. 가난한 사람은 가난한 대로 부자는 부자대로 적당한 양이 있는 거지. 사회적 지위가 높아지고 부자가 될수록 자신에게 주어진 선행을 다하는 데 조금도 게을리 하지 말아야 한단다."

"그건 왜 그렇지요?"

"쉽게 이야기하자면 A라는 사람에게 하루 한 가지 선행을 할 수 있는 능력과 B라는 사람에게 하루 열 가지 선행할 수 있는 능력이 있다고 생각해 보거라. 이 두 사람이 하루 동안 선행을 하지 않으면 어떻게 되겠느냐? A라는 사람은 한 가지 잘못을 한 것이 되지만 B라는 사람은 열 가지 잘못을 하게 되는 것이란다."

"할아버지, 그럼 부자들이나 능력이 많은 사람들은 정말 힘들겠군요."

칩은 어느 정도 이해를 했다는 듯이 고개를 끄덕이며 말했다.

"물론이지. 사람들은 자신에게 남들보다 뛰어난 능력이 주어지지 않는다고 불평하지만 그것보다는 지금 자신의 능력을 다 쓰고 있는지를 먼저 살펴보는 것이 더 중요하단다. 자신의 처지도 모르고 커다란 능력만 바라는 사람은 어리석은 사람이란다. 그런 사람에게는 우연히 능력이 생기더라도 오히려 자신을 망치고, 심한 경우에는 다른 사람까지 망치게 되고 만단다."

"저는 부자들이나 능력 있는 사람들이 보통사람보다 선행을 많이 해서 좋을 거라 생각했는데 그들 중에는 선행의 양을 채우지 않는 사람이 많이 있겠군요."

"물론이지. 부자라도 사람에 따라 다르겠지만 자신에게 주어진 선행의 양을 모두 실천하는 사람은 매우 드물단다."

"저는 아직 그만한 능력이 없어서 다행이네요."

"자신의 능력에 맞는 선행을 하지 않은 것도 문제지만 더 많이 선행을 베풀 능력이 되는데도 나태하여 행하지 않는 것도 죄가 되는 것이란다."

"그러면 어떻게 해야 하나요?"

칩은 울상을 지으며 물었다.

"아주 간단하지. 바로 너에게 주어진 하루하루에 최선을 다하며 사는 것이란다."

칩은 다행이라는 듯이 가슴을 쓸어내리며 말했다.

"그 정도면 자신 있어요."

나무 할아버지는 그 또한 얼마나 어려운 일인가 말을 하려다가, 칩의 해맑은 미소를 보고는 그만두었다. 왜냐하면 오늘 칩은 자신에게 주어진 선행의 양을 충분히 해냈기 때문이었다.

그때 멀리서 버들마을로 향하는 버스가 달려오고 있는 모습이 보였다.

나를 찾아가는 길

나무 할아버지는 큰 나무 옆 의자에 앉아서 공원 입구를 바라보며 토드를 기다리고 있었다. 나무 할아버지가 토드를 기다리는 이유는 그의 아내 신디가 어제 저녁 근심에 가득 찬 얼굴로 찾아와 남편이 최근에 평소와 다른 행동을 한다며 그 이유를 알아봐 달라고 부탁하였기 때문이었다.

나무 할아버지 역시 갑자기 토드가 그렇게 변한 이유가 궁금했다. 그때 토드가 나무 할아버지를 발견하고는 환한 미소를 지으며 인사했다.

"오래 기다리셨습니까? 좀 늦어서 죄송합니다."

나무 할아버지는 신디가 걱정하는 것도 무리가 아니라는 생각이 들었다. 원래 토드는 욕심 많은 성격에 무슨 화가 나는 일이 그리 많은지 항상 찡그리고 다니기로 버들마을에서 유명한 사람이었다. 그런 그가 어느 날 갑자기 얼굴 가득 미소를 지으며 다니니 나무 할아버지가 보기에도 전혀 다른 사람처럼 느껴졌다. 나무 할아버지가 잠시 어리둥절해 하는 사이 토드가 자신을 부른 이유를 물었다.

"내가 자네를 보자고 한 것은 다른 이유가 아니라 신디의 부탁 때문이네."

"제 아내가 부탁을 하였다고요?"

"그래, 신디가 자네를 무척 걱정하고 있더군."

"아내가 뭘 걱정한단 말입니까?"

"자네가 요즘 너무 변했기 때문이지. 신디의 말로는 요즘 자네가 저녁에 퇴근할 때 꽃도 사오고 저녁을 먹고도 집안일도 도와주고, 주말에는 아이들과 함께 놀아주기도 한다면서?"

"아니, 그 일이 걱정할 만한 일입니까?"

토드는 어이없다는 듯이 말했다.

"물론 다른 사람이 그렇다면야 당연히 문제가 없겠지. 하지만 자네의 요즘 행동을 평소 자네를 알고 있는 사람이 알게 된다면 걱정할 만한 일이 아니겠나?"

토드는 "휴—우!" 하고 한숨을 크게 쉬더니 고개를 숙이며 힘없이 말했다.

"그동안 형편없이 살아왔다는 것은 제 자신도 어느 정도 알았지만 그 정도였는지는 정말 몰랐습니다."

"나는 예전의 자네를 탓하려고 하는 게 아니네. 다만 자네가 갑자기 변한 이유를 알고 싶을 뿐이네."

나무 할아버지가 위로를 하자 토드는 고개를 들고 어떻게 된 일인지 이야기하기 시작했다.

"한 달 전쯤 저는 친구들과 사냥을 떠났습니다. 그날 오후쯤에 사냥터에 도착한 우리는 짐을 풀자마자 모두 사냥을 하러 나갔죠. 그날따라 사냥이 잘되어 토끼를 많이 잡았습니다. 그렇게 친구들과 신나게 사냥을 하는 사이에 어느덧 날이 어두워지기 시작하자 모두들 돌아가자고 하더군요. 하지만 저는 사냥이 잘되는 날에 일찍 돌아가는 것이 아쉬워 친구들에게 조금만 더하고 가겠다며 혼자 남았습니다. 그렇게 혼자 사냥을 하면서 토끼 몇 마리를 더 잡았죠. 그 사이 날은 더욱 어두워졌고 그만 집으로 돌아가려고 막 돌아서려는 순간 저의 눈에 커다란 토끼 한 마리가 들어왔습니다. 그 순간 저는 이미 사냥을 많이 했고 날이 너무 어두웠다는 것도 잊어버리고 그 토끼를 쫓기 시작했습니다. 하지만 숲에는 쓰러진 나무와 풀들이 많아서 한참을 쫓아가서야 겨우 잡을 수 있었죠. 그런데 토끼를 잡고 보니 주위는 이미 어둠에 잠겼고, 저는 사냥에 너무 열중한 나머지 숲 속 깊숙이 들어와 길을 잃어버렸다는 것을 알았습니다."

"오 저런, 그런 일이 있었나?"

"저는 길을 찾으려 했지만 그럴수록 더욱 길은 보이지 않았고 설상가상으로 밤이 되자 추위에 몸이 떨렸습니다. 얼마 후 지칠 대로 지친 저는 모든 것을 포기하고 바닥에 주저앉고 말았죠. 그러다 허리에 매달아 놓은 마지막으로 잡은 토끼가 눈에 들어왔어요. 이 토끼를 잡으려고 숲 속에 들어가지만 않았어도 이렇게 되지는 않았을 텐데…… 화난 마음에 토끼를 바닥에 집어던지려는 순간 '토끼는 아무런 잘못이 없고 사실은 모든 것이 내 욕심 때문이다.' 이런 생각이 들었습니다. 저는 이미 충분히 사냥을 했음에도 불구하고 그것에 만족하지 못하고 더 많은 것을 가지기 위하여 그 토끼를 쫓았던 거지요."

토드는 그때의 상황이 다시 떠오르는지 괴로운 표정을 지었다.

"할아버지, 그 행동은 우연한 게 아니라 평소 제 생활이 그랬던 거예요. 이미 많은 것을 가지고 있으면서도 그것을 알지 못하고 더 많은 것을 갖으려고 욕심을 부렸어요. 저는 지난 시간을 반성했습니다. 만일 다시 기회가 온다면 지금 내게 있는 모든 것을 소중하게 생각하겠다고 다짐했습니다. 다행히 저는 친구가 데리고 온 사냥개의 도움으로 구조를 받았죠. 그리고 그날의 다짐을 지키기 위하여 생활 태도를 바꾸고 가정에도 충실하려고 노력하고 있습니다."

나무 할아버지는 토드의 이야기를 듣고는 고개를 끄덕이며 말했다.

"얼마나 많은 사람이 눈앞에 놓인 이익만을 쫓다 자신이 가고 있는 길에 절벽이 있는지도 모르고 간다네. 다행스럽게도 자네는 눈을 돌려 바른 길로 돌아왔구먼. 내가 신디에게 걱정하지 않도록 잘 이야기하겠네. 그 대신 나에게 한 가지 약속해 주겠나?"

"한 가지 약속이라니요?"

"다시는 예전의 자네로 돌아가지 않는다는 약속 말이야."

나무 할아버지는 토드의 손을 살며시 잡으며 말했다.

"아마 그런 걱정은 절대 안 하셔도 될 겁니다."

토드는 환하게 미소를 지으며 분명하게 대답했다.

세상을 변화시키는 힘

버들마을에서 아랫마을로 가는 길 중간에 있는 숲 속에는 붉은 벽돌로 지어진 아담한 '한빛요양원'이 있었다. 그곳은 병원에서 어느 정도 치료가 끝나 회복을 기다리는 환자나 치료 가망성이 없는 환자들이 편안히 죽음을 준비하는 장소였다.

평소 마을 사람들이 큰 관심을 갖지 않았던 그곳이 갑자기 사람들 입에 오르내리게 된 것은 빈센트가 입원해 있다는 사실이 알려진 뒤부터였다.

젊은 시절, 빈센트는 세상을 변화시키겠다는 큰 뜻을 품고 고향인 버들마을을 떠나 세상으로 나갔다. 그는 여러 차례 매스컴을 통하여 세상에 알려져서 모두들 그를 마을의 자랑으로 여겼다. 그런 그가 이제는 늙고 병든 몸으로 고향 근처 요양원에 돌아온 것이었다. 하지만 그는 무슨 이유에선지 자신이 요양원에 입원한 사실을 마을 사람들에게 알리지 말아달라고 부탁했고, 그러다가 그곳에 근무하는 한 직원의 실수로 그 사실이 버들마을에 알려지게 된 것이다.

나무 할아버지는 왜 그가 그런 부탁을 했는지 병세는 어떤지 궁금하여 그를 만나러 요양원으로 향했다. 나무 할아버지는 그동안 빈센트가 어떻게 변했을까 상상해 보았지만 그의 변한 모습이 쉽게 떠오르지 않았다. 다만 두 눈 가득 열정을 간직한 채 마을을 떠나기 전에 찾아와 마지막 인사를 하던 패기만만한 그의 얼굴을 기억할 뿐이었다.

요양소에 도착한 나무 할아버지는 간호사에게 물어 3층에 있다는 빈센트의 병실을 찾아갔다. 그곳에는 나무 할아버지가 마지막으로 기억하는 두 눈이 열정으로 빛나던 젊은이는 없었다. 그저 나이 들고 병마에 시달려 얼굴 가득 깊은 그늘이 드리워진 한 남자가 침대에 누워 있었다. 그는 병실 안으로 들어서는 나무 할아버지를 알아보고 어색한 미소를 지어보였다.

"나무 할아버지, 그동안 잘 지내셨습니까?"

"나야 잘 지냈지. 정말 오래간만이군."

"한 30년 만인가요."

"벌써 그렇게 오래되었나. 자네가 나를 찾아와 마을을 떠난다고 한 것이 엊그제 같은데……."

173

"저야 많이 변했지만 할아버지는 조금도 변하지 않으신 걸요."

그렇게 말하는 빈센트의 모습이 왠지 쓸쓸해 보였다. 나무 할아버지와 빈센트가 그동안 있었던 일에 대하여 이야기를 나누고 있을 때 노크 소리와 함께 젊은 청년이 조심스럽게 문을 열고 들어왔다. 그 청년은 무엇인가 할 말이 있는 듯 머뭇거렸다.

"저, 여기가 빈센트씨의 병실입니까?"

"내가 빈센트인데 자네는 누군가?"

"저는 시드니라고 합니다. 평소 빈센트씨를 존경해 왔는데, 이곳에서 요양하고 계신다는 소식을 듣고 한 번 만나 뵈려고 찾아왔습니다."

"오 그래, 어서 이리 와서 앉게."

나무 할아버지가 일어나 시드니에게 옆에 있는 의자를 내주었다.

"그런데 빈센트는 어떻게 알게 되었나?"

"제가 어렸을 때 빈센트씨가 멸종 동물을 살리기 위하여 노력하는 모습을 텔레비전에서 보고 처음 알게 되었습니다. 그 후에 빈센트씨가 벌인 여러 가지 환경 운동 소식을 들으며 한번 꼭 만나 뵙고 싶었습니다."

시드니는 말을 하다말고 잠깐 빈센트의 얼굴을 조심스

럽게 보고는 이야기를 계속했다.

"저도 학교만 졸업하면 빈센트씨가 계시던 단체에 들어갈 생각입니다."

시드니는 희망에 가득 찬 목소리로 말했다. 어두운 표정으로 듣고 있던 빈센트가 그를 자신의 침대 옆으로 불렀다. 그리고 예전에는 굳건했지만 지금은 힘없고 가느다랗게 변한 손으로 시드니의 손을 가만히 잡았다.

"자네에게 한 가지 들려줄 이야기가 있네. 나는 젊은 시절에 지금 자네처럼 세상을 위하여 좀더 큰일을 하겠다는 꿈을 품고 고향을 떠났네. 나는 적십자에서도 일했고 분쟁지역에 가서 어린이들을 돌보기도 했지. 야생동물을 보호하기 위하여 밀렵꾼들과 목숨을 걸고 싸운 적도 있고 지구의 환경을 걱정하며 환경단체에서도 일했네. 그렇지만 지금 나에게 드는 의문은 내가 그렇게 했다고 해서 과연 세상이 조금이라도 바뀌었나 하는 것이네……"

빈센트는 힘이 들었는지 잠시 숨을 고르고는 다시 말을 이어갔다.

"세상에는 순수한 뜻만 가지고 되지 않는 일들이 너무 많이 있네. 나는 그동안 여러 나라의 썩은 관료들과 욕심꾸러기들을 상대하느라 내 인생을 많이 소비했네. 요즘 나는 병실에 누워서 만일 내가 버들마을을 떠나지 않고 이곳

175

에서 좀더 나 자신을 변화시키기 위하여 노력했다면 어땠을까 하고 돌아본다네. 변화된 나로 인하여 가족이나 이웃이 변했을지도 모르고, 그렇게 작은 세상부터 변하게 하는 것이 더욱 값진 일이 아니었을까 하는 생각이 든다네. 그동안 내가 했던 일은 아무 쓸모없는 일이 아니었나 하는 거지……."

빈센트의 이야기를 듣던 시드니는 자신의 손을 여전히 그에게 맡긴 채 부드러운 목소리로 말했다.

"아닙니다. 선생님은 최선을 다하신 것입니다. 혹시라도 그것에 대한 결과가 없다 하여도 그 위대한 노력까지 무의미한 것은 아니라고 생각합니다. 선생님의 노력에 감명 받은 저 같은 사람이 있지 않습니까."

시드니의 말을 들은 빈센트는 나무 할아버지를 보고 미소를 지으며 말했다.

"오히려 이 청년이 저를 위로하는군요."

그때 간호사가 들어와 면회 시간이 끝났음을 알렸다. 시드니는 자리에서 일어서며 빈센트에게 조심스럽게 물었다.

"선생님께서 허락하신다면 또 찾아왔으면 하는데 괜찮겠습니까?"

대답 대신 빈센트가 고개를 끄덕이자 시드니는 감사하다는 말을 하고는 기쁜 표정으로 나무 할아버지와 함께 병실을 나왔다.

　며칠 뒤 다시 요양원을 찾은 나무 할아버지는 두 사람이 함께 있는 것을 보았다. 그들은 무슨 즐거운 이야기를 나누는지 환하게 웃으며 산책로를 걷고 있었다. 나무 할아버지는 흐뭇한 표정으로 잠시 동안 두 사람의 모습을 바라보다가 그들에게 방해가 되지 않도록 조용히 요양원을 뒤로하고 돌아섰다.

어떤 약속

산책을 갔다 돌아오던 나무 할아버지는 길에서 만난 게일에게서 데이비드가 급하게 만나고 싶어 한다는 말을 전해 듣고 그 길로 그를 찾아갔다. 그는 무슨 급한 일이 있는지 건물 입구까지 나와서 기다리다가 나무 할아버지가 도착하자 바로 사무실로 안내했다.

"자네가 나를 찾았다고?"

"네, 좀 급하게 의논드릴 일이 있어서요."

나무 할아버지는 평소에 침착하던 데이비드가 조급해하는 모습을 보자 무슨 일인지 궁금했다.

"그래, 의논하겠다는 일이 뭔가?"

"저희 회사는 그동안 모건 기업에서 천연가죽보다 값싸고 질 좋은 인조가죽을 구한다는 소식을 듣고 많은 노력을 기울여 천연가죽에 뒤지지 않는 제품 개발에 성공했습니다. 그래서 한 달 전쯤 모건 기업을 찾아가 모건씨와 제품

평가위원회 간부들에게 그 제품을 보여주었습니다. 제품을 본 위원회 간부들은 저희 회사 제품의 우수성을 많이 칭찬했죠. 몇 가지 절차를 끝내고 한 달 후쯤 정식 계약을 맺기로 어느 정도 이야기가 되었죠. 그래서 지난주에 모든 준비를 마치고 정식 계약을 하기 위해 찾아갔더니 글쎄, 갑자기 이런저런 핑계를 대며 계약을 미루는 게 아니겠습니까!'

홍분하였는지 목소리가 점점 커지던 데이비드는 마음을 가라앉히려는 듯 물을 한 모금 마시고 말을 계속했다.

"저는 회의에 참석했던 모건 기업 간부들이 저희 제품에 대하여 좋은 평가를 내렸기에 계약이 이미 성사된 거나 마찬가지라고 생각했습니다. 그래서 공장을 확장하고 제품 생산에 들어갔는데 이런 일이 생기다니요. 물건은 창고에 가득 쌓여가고 원자재 값이며 시설투자비며 지불해야 할 돈은 많은데, 이런 사정을 뻔히 알면서 모건 기업에서 이래도 되는 겁니까!'

나무 할아버지는 우선 홍분한 그를 진정시켰다.

"듣고 보니 정말 사정이 급하게 되었군. 그런데 자네는 왜 모건에서 계약을 미루고 있다고 생각하나?'

"그야 제품 값을 깎으려는 것 아니겠습니까!'

데이비드의 말에 나무 할아버지는 고개를 갸웃거렸다.

"내가 아는 모건은 그런 사람이 아닌데……."

"저도 모건씨가 그런 분이 아니라는 것을 알기에 혹시 중간에서 누군가 농간을 부리는 것이 아닌가 싶은 생각에 할아버지에게 연락드린 것입니다. 할아버지께서 모건 기업의 여러 사람들과 친분이 있으니 계약이 늦어지는 정확한 이유를 알아봐주실 수 없나 해서요."

"음, 무슨 말인지 알겠네. 내가 한 번 알아볼 테니, 저녁에 이곳에서 다시 만나도록 하세."

나무 할아버지는 데이비드와 헤어져 모건 기업의 계약 담당자를 찾아갔다.

저녁 무렵 데이비드의 사무실을 다시 찾은 나무 할아버지는 초초하게 자신을 기다리고 있던 그를 다시 만났다.

"가셨던 일은 어떻게 되었습니까?"

"계약담당자를 만나러 갔다가 모건씨도 만나고 왔네. 그런데 계약이 성사되려면 조금 더 시간이 걸릴 것 같네."

나무 할아버지의 말에 그는 자리에서 일어서며 큰 소리로 말했다.

"아니, 대체 이유가 뭐랍니까?"

"진정하고 우선 자리에 앉게."

데이비드는 자신이 너무 흥분한 것을 깨닫고는 나무 할

아버지 말대로 다시 자리에 앉았다. 나무 할아버지는 낮에 모건 기업을 찾아갔던 일을 이야기하기 시작했다.

"모건 기업의 계약담당자에게 왜 자네 회사와 계약을 미루는지 이유를 물었네. 그런데 자네 회사의 신용에 문제가 있다는 이야기가 있어서 다시 조사하고 있는 중이라고 하더군."

"아니, 신용에 문제가 있다구요? 도대체 누가 그런 소리를 하고 다닌단 말입니까!"

그는 여전히 흥분한 목소리로 말했다.

"그 담당자 말이 계약서를 작성하여 모건에게 올렸는데, 모건이 계약서를 보자마자 자네 신용에 문제가 있으니 회사의 신용도가 어떤지 다시 한번 조사해 보라고 지시를 내렸다는 거야."

모건씨가 직접 지시를 내렸다는 말에 그는 순간 당황하여 말을 더듬었다.

"아니, 모건씨가 직접 재조사를 시켰다구요?"

"자네가 모건을 직접 만난 적이 있다면서?"

"예, 처음 제품을 들고 회사를 방문했을 때 모건씨도 참석하여 함께 만났습니다. 그때 모건씨를 본 게 전부인데 어떻게 한번 보고 제 신용에 문제가 있다고 그가 판단했다는 말입니까?"

"자네, 그날 모건에게 무슨 약속을 하지 않았나?"

"약속이요?"

나무 할아버지 말을 듣고 데이비드는 불현듯 생각난 것이 있었다.

"그날 모건씨의 사무실에 들어갔다가 장식장에 여러 나라의 민속품이 진열된 것을 보았죠. 그래서 제가 예전에 외국 바이어들에게 선물 받은 여러 나라의 민속품을 갖다 주겠다고 약속한 적이 있습니다."

"약속대로 자네는 그 물건들을 모건에게 갖다 주었나?"

"아니오, 그게……."

데이비드는 너무 의외라는 듯이 약간 당황하며 대답했다.

"잊었단 말이지."

"네, 하지만 그런 작은 이유로 회사간의 계약을 미루다니 정말 너무 한 것 아닙니까?"

나무 할아버지는 그의 말에 얼굴을 찡그렸다.

"모건이 그러더군. 모건 기업도 이번 새 상품이 무척 중요하기 때문에 원자재 선택에 매우 신중을 기하고 있다고 말일세. 민속품을 주겠다는 약속이 작기는 하지만 그 작은 것도 지키지 못하는 사람이 큰 약속이라고 잘 지킬지 걱정되어 그런 지시를 내렸다고 말일세."

그 말을 듣고 데이비드는 나무 할아버지를 마주하기가

민망해서 얼굴을 들 수 없었다.

"이제, 이유를 알았으니 됐습니다. 신경 써 주서서 감사합니다."

데이비드가 의기소침해 있는 모습을 보며 사무실을 나오는 나무 할아버지의 마음도 편치 않았다. 그는 힘없이 자리에서 일어서서 건물 밖까지 나무 할아버지를 따라 나와서 머리 숙여 인사를 했다.

부치지 못한 편지

나무 할아버지가 빌리의 초대를 받고 그의 집에 갔다가 버들마을로 돌아오는 길이었다. 기차의 옆자리에는 자신을 오지여행가라고 소개한 샘이 앉게 되었다.

샘은 남들이 가보지 않은 세계의 오지를 다녀 보았기 때문인지 신비한 전설과 괴담, 원주민들의 생활에 대해 재미있고 신기한 이야기를 많이 알고 있었다. 뿐만 아니라 얼마나 실감나게 이야기를 잘하는지 이야기 잘하기로 유명한 나무 할아버지도 그에게는 한 수 접어야 할 정도였다. 샘에게 여러 가지 재미있는 이야기를 듣던 나무 할아버지는 문득 한 가지가 궁금해졌다.

"샘, 자네는 무척 많은 이야기를 알고 있군. 자네가 여태 껏 들었던 이야기 중에 가장 인상 깊었던 것은 뭔가?"

나무 할아버지의 물음에 샘은 잠시 무엇인가 생각하는 듯 눈을 지그시 감았다.

"음…… 제가 스무 살 때 기차역에서 아버지께서 해주신 이야기입니다."

나무 할아버지가 샘에게 기대했던 것과는 전혀 다른 대답이었다.

"아버지에게 들은 이야기라고?"

"네, 그날은 처음으로 집을 떠나 도시로 취직하러 가던 길이었습니다. 평소에 엄격하시고 무뚝뚝하기만 하던 아버지께서 웬일로 기차역까지 배웅을 나오셨죠."

"아버지가 무슨 이야기를 해주셨기에 아직까지도 인상 깊게 남아 있나?"

샘은 눈을 지그시 감으며 그날의 일을 회상했다.

기차역은 사람들로 붐볐다. 샘은 아버지와 함께 플랫폼의 한쪽 구석에 서 있었다. 얼마 후면 도시로 떠나는 기차가 플랫폼으로 들어올 것이었다.

"아버지, 집으로 돌아가려면 오래 걸릴 텐데 그만 들어가 보세요."

"아직 시간 여유가 있으니 네가 타는 것을 보고 가마."

평소 대화가 없던 두 사람이었기에 그때도 별로 할 이야기가 없었다. 그래서 샘은 그냥 역을 지나가는 사람들을 쳐다보고 있었다. 잠시 후 아버지는 할 말이 있는 듯 조심스럽게 입을 열었다.

"샘, 정말 도시로 나가서 취직을 할 거냐?"

"네, 걱정하지 마세요. 그곳에는 친구들도 많으니 그렇게 힘들지 않을 거예요."

"내가 걱정하는 것은 네가 도시로 나가 힘들어할까 봐서가 아니다. 네가 지금 가는 길을 나중에 후회하지 않을까 걱정하는 것이란다."

"그게 무슨 말씀이세요?"

"너는 예전부터 세계의 여러 곳을 여행하는 사람이 되고 싶어 하지 않았느냐?"

"물론 그랬지요. 하지만 그것은 나중에 해도 되니까요. 지금 당장은 집안을 돕기 위하여 취직하는 것이 나을 것 같아요."

둘 사이에 잠시 어색한 침묵이 흐른 후에 아버지가 먼저 입을 열었다.

"샘, 나도 예전에는 선원이 되어 오대양 육대주를 누비는 것이 꿈이었단다. 그러나 내가 막 선원이 되기 위하여 집을 떠나려고 할 때 갑자기 아버지가 병으로 눕는 바람에 할 수 없이 내가 집안일을 돌보게 되었지. 아버지가 병에서 완쾌되었을 때에는 이미 너의 어머니와 사랑하는 사이가 되어 결혼을 앞두고 있었기에 떠나지 못했다. 그리고 결혼한 뒤에는 너의 어머니가 먼 곳으로 떠나는 것을 반대하였기에 나는 집에서 가까운 목재소에 취직을 하였다. 그 후 목재소에 같이 있던 사람이 나에게 도시로 나아가 함께 가구점을 열자고 제안하였지만 네가 태어날 시기가 가까웠기 때문에 나는 그러한 모험을 할 수가 없었다. 그 후에도 다른 일을 할 기회가 있었지만 너의 동생들이 태어나는 바람에 나는 계속 목재소에서 일하지 않을 수 없었다. 40년을 목재소에서 일하였지만 나는 정말로 목재소에서 일하는 것이 싫었다. 그러나 나는 가족을 위하여 그것을 참으며 싫은 일을 해야만 했다."

샘은 아버지에게서 뜻밖의 말을 듣고 무척이나 놀랐다. 아버지는 아들에게 지금껏 홀로 간직한 비밀을, 자신의 속마음을 털어놓았다.

"지금 내가 너에게 이러한 이야기를 하는 이유는 네가 나의 희생을 알아 달라는 게 절대 아니다. 나는 지금도 가끔 꿈을 꾼다. 내가 그때 만약 선원이 되었거나 도시로 나가 가구점을 열었다면, 내 인생이 지금과는 많이 달라지지 않았을까 하고 말이다. 물론 지금 불행해서 그런 생각을 하는 것은 아니다. 내가 그 일들을 할 수 있었는데도 나의 망설임 때문에 그 일을 하지 못했기 때문에 항상 마음 한 구석에 아쉬운 생각을 품고 살아가는 것이다. 조금 있다

해야지, 이 일만 끝나면 해야지 하고 미루다 결국에는 이렇게 된 것이다. 그래서 너만은 나와 같은 길을 걷지 않았으면 한다."

샘은 아버지의 이야기를 들으며 그동안 무뚝뚝하다고만 생각한 아버지의 가슴속에도 한때 자신과 같은 정열이 살아 있었다는 것을 느낄 수 있었다. 그리고 자신의 정열을 포기하고 가족을 위하여 일하신 아버지의 희생으로 가족들이 아무런 어려움 없이 살았다는 것도 알게 되었다.

그날 샘은 아버지의 바람대로 도시로 가는 기차가 아니라 먼 항구로 떠나는 기차를 타고 고향을 떠났다. 샘은 세계의 여러 곳을 여행하며 어느 여행지에 가든 아버지에게 그곳에 대해 자세하게 편지를 썼다. 그렇게 아버지에게 보낼 편지의 소재를 찾다보니 여행지의 풍습이나 유적지, 전설이나 민담 등에 더 관심을 기울이게 되었고 그런 일이 많은 공부가 되었다.

몇 년 전 아버지가 돌아가셨다는 소식을 듣고 샘이 집에 들렀을 때 어머니는 아들을 조용히 불러 아버지에 대한 일들을 이야기해 주셨다. 아버지는 샘의 편지를 받은 날이면 그 편지를 몇 번이고 다시 읽고는 꼭 답장을 썼다고 한다. 어머니는 아들의 등을 어루만지며 아버지가 샘에게 부치지 못한 편지들을 건네주었다. 샘은 그 편지들을 읽으며

그가 여행하는 동안 내내 혼자가 아니었다는 사실을 깨달
았다.

샘의 이야기에 빠져 있던 나무 할아버지는 기차가 버들
마을에 도착하자 아쉽게도 그와 작별을 하고 내려야 했다.
하지만 마을로 돌아온 후에도 한참 동안 샘의 아버지가 해
주었던 이야기가 잊혀지지 않았다.

훌륭한 선생님의 조건

다음주에 있을 학생들의 문화재 탐방 문제로 교장 선생님을 만나고 나오던 나무 할아버지는 빈 교실에 홀로 앉아 있는 폴을 발견했다.

"아니, 빈 교실에서 혼자 무엇을 하고 있는 건가?"

폴은 인사를 하고는 약간 쑥스러운 듯 뒷머리를 긁적거렸다.

"내일 이 교실에서 저의 첫 수업을 하는 날이라 잠시 둘러보려고 들렀습니다."

"그러고 보니 내일이 자네가 교사로서 첫 출근하는 날이군."

"네, 내일부터 교단에 서야 한다는 것이 조금은 두렵습니다."

"선생님이 되는 것은 어렸을 적부터 자네의 꿈이 아니었나. 자네는 훌륭한 선생님이 될 수 있을 걸세."

"할아버지의 말씀을 듣고 나니 조금 자신감이 생기는군요, 고맙습니다. 그런데 훌륭한 선생님이란 어떤 사람을 말하는 것입니까?"

"훌륭한 선생님이라……."

나무 할아버지는 폴이 한 질문을 조용히 되뇌며 말했다.

"조금 전 자네의 질문에 대해서는 나보다 대답을 더 잘 해줄 사람이 있으니 함께 가 보도록 하는 게 어떻겠나?"

두 사람은 학교를 나와 미리내 강변을 따라 한참을 걸어 조각가 케인의 작업실로 갔다. 폴은 나무 할아버지가 케인의 작업실로 가는 것이 의아했지만 묵묵히 뒤를 따랐다. 작업실에서 일하고 있던 케인은 나무 할아버지와 폴의 방문을 받고는 환하게 웃으며 그들을 반갑게 맞이하였다.

"아니, 할아버지와 폴이 웬일로 이곳까지 오셨습니까?"

케인은 이미 예순이 넘었지만 얼굴은 젊은이처럼 생기가 넘쳐 보였다.

"자네를 본 지도 오래됐고 해서 왔다네. 우리가 작업하는 데 방해가 된 것은 아닌지 모르겠군."

"방해라니 천만의 말씀입니다. 그렇지 않아도 조금 쉴 생각이었습니다."

"그렇다면 다행이군."

케인은 작업실 밖에 마련된 테이블로 나무 할아버지와 폴을 안내하고 차를 가지고 나왔다. 차를 마시며 이런저런 이야기를 나누다가 먼저 케인이 물었다.

"정말 그냥 한 번 들르신 것입니까?"

"사실은 자네에게 듣고 싶은 말이 있어서 왔네."

"저한테요?"

"그래, 예전에 자네가 조각할 때 두 가지를 주의한다는 이야기를 나에게 한 적이 있었지. 그 얘기를 여기 폴에게 해주지 않겠나?"

폴은 조금 전 자신의 질문과 상관없는 질문을 하는 나무 할아버지를 보며 여전히 이상한 생각이 들었다. 하지만 조각가로 이름이 높은 케인의 비법을 듣는다는 호기심에 귀를 기울였다.

케인은 나무 할아버지의 부탁을 흔쾌히 승낙하고는 폴의 얼굴을 쳐다보며 이야기하기 시작하였다.

"사실, 내가 조각을 할 때 주의하는 점은 두 가지라네. 첫째는 내가 형상화하려는 무엇인가를 억지로 조각하려고 애쓰기보다 조각할 재료의 특성을 살리고 불필요한 부분을 덜어낸다는 생각으로 조각을 한다네. 둘째는 항상 내가 자르고 싶은 것보다 조금 부족하게 자른다는 것이네. 그러는 이유는 한 번 자르고 나면 다시 재료를 붙일 수 없기 때

194

문이지."

케인의 이야기가 끝나자 나무 할아버지는 폴을 보며 다정하게 말했다.

"이제 아까 자네가 한 질문에 답이 되었나?"

"아까 질문한 것에 답이 되었다니요?"

폴은 무슨 소린지 모르겠다는 듯이 어리둥절한 표정을 지었다.

"지금 케인이 자네가 아까 나에게 물은 것에 대하여 답을 해주지 않았나?"

"저는 케인씨의 이야기가 제가 할아버지에게 질문한 것과 무슨 상관이 있는지 잘 모르겠습니다."

그때 대화를 듣고 있던 케인이 무슨 일인지 사연을 묻자, 폴은 조금 전 학교에서 있었던 일을 이야기해 주었다. 그러자 케인이 미소를 지으며 말했다.

"나무 할아버지는 자네에게 이런 걸 말씀해 주고 싶으신 게 아닐까? 교육도 학생을 억지로 어떤 틀에 끼워 맞추기보다 학생이 가진 개성과 재능을 발휘할 수 있도록 해야 한다는 것. 또 조각의 재료처럼 학생들의 특성을 살리고 그들의 불필요한 부분을 없애줄 때에도 성급하게 하기보다 다시 붙일 수 없다는 생각을 가지고 서두르지 말고 조금씩 해나가야 한다는 것. 뭐 이런 게 아닐까 생각되는군."

케인의 설명을 듣고서야 폴은 나무 할아버지가 자신에게 무엇을 가르쳐 주려고 하였는지 알 수 있었다.

어느덧 시간이 흘러 폴이 감사의 인사를 하고 돌아가려는데 케인이 그를 불러 세웠다. 케인은 잠시 작업실 안으로 들어갔다 나오더니 자신의 조각칼 중 하나를 폴에게 건네주며 말했다.

"자네도 내일부터는 미래를 다듬게 되었으니, 오늘 일을 잊지 말라는 뜻으로 이것을 선물하겠네."

폴은 케인에게서 조각칼을 선물 받고는 무척이나 기뻐했다. 그는 케인의 조각칼을 소중히 간직한 채 나무 할아버지와 함께 작업실을 나섰다.

마음의 눈으로 바라보기

셸리는 버들마을에서 가장 억센 여인으로, 무슨 일을 하여도 웬만한 남자들 못지않았기 때문에 마을 남자들도 그녀에게만은 모두 한발 양보하곤 하였다. 한번은 그녀의 성질을 잘 모르던 아랫마을 남자가 사소한 일로 다투다 뒷덜미를 잡혀 발버둥 친 일도 있었다.

그러나 셸리는 외모와 달리 마음은 매우 여려서 마을에 어려운 일을 당한 사람이 생기면 항상 자기 일처럼 발 벗고 나서서 열심히 도왔다. 그래서 힘들고 어려움에 처한 마을 사람들에게 그녀는 매우 고마운 존재였다.

그런 그녀가 무슨 다급한 일이 생겼는지 날도 밝기 전에 나무 할아버지를 찾아왔다. 이렇게 아침 일찍 찾아온 적은 여태껏 한 번도 없었기 때문에 나무 할아버지는 의아한 표정으로 물었다.

"셸리, 이렇게 아침 일찍부터 무슨 일이지?"

"할아버지, 제 아들 크리스가 좀 이상해요."

그녀는 커다란 덩치에 어울리지 않게 금방이라도 눈물을 흘릴 듯한 표정이었다. 나무 할아버지는 그녀를 달래며 크리스에게 무슨 일이 있었는지 물었다.

"얼마 전에 도시에 나가 있던 그 애가 며칠 쉬겠다며 집으로 돌아왔어요. 그런데 며칠째 자신의 이층 방에 틀어박혀 친구들은 물론 저도 이야기를 하려 하지 않아요. 게다가 어제 저녁부터는 아무것도 먹지 않고 있으니 이 노릇을 어찌해야 좋을지 모르겠어요. 할아버지가 그 애를 한번 만나 무슨 일이 있었는지 알아봐 주실 수 없을까요?"

나무 할아버지도 크리스가 걱정되어 잠시 후에 간다는 약속을 하고 셸리를 안심시켜 돌려보냈다.

점심때가 되어 셸리의 집으로 간 나무 할아버지는 우선 가족들이 너무 걱정하지 않도록 위로한 후에 크리스가 있는 이층 방으로 올라갔다. 나무 할아버지는 여러 번 노크를 해도 아무런 대답이 없자 살며시 문을 열고 방안으로 들어섰다. 커튼도 걷지 않고 불도 켜지 않아 방안은 어두웠고, 등을 보인 채 침대에 누워 있는 크리스의 모습이 희미하게 보였다. 나무 할아버지가 천천히 다가가 침대에 걸터앉으며 물었다.

"크리스, 도대체 왜 이러고 있나? 이유라도 말해야 가족들이 덜 걱정하지 않겠나?"

그러자 그가 여전히 몸을 돌리지 않은 채 힘없는 목소리로 대답했다.

"저는 더 이상 살고 싶지 않습니다."

"아니, 젊은 사람이 그게 무슨 말인가?"

"저도 나름대로 열심히 살아 보려고 했지만 사는 게 너무 어렵습니다."

"세상살이가 그럼 쉬운 줄 알았나? 자네보다 어려운 처지에서도 열심히 살아가는 사람들이 이런 자네를 보면 뭐라고 하겠나. 우선 이러는 이유를 먼저 말해 보게. 그래야 자네를 돕든지 말든지 할 것 아닌가?"

나무 할아버지의 설득에 크리스는 "휴—우." 하고 한숨을 크게 내쉬고는 그제야 자리에서 일어나 앉았다.

"1년 전쯤 친하게 지내던 친구의 제안으로 돈을 빌려 함께 사업을 시작했습니다. 그런데 얼마 전 그 친구가 저 몰래 회사를 처분하고, 제 명의로 돈까지 빌려 외국으로 도망을 갔습니다. 돈도 돈이지만 그렇게 믿었던 사람에게 배신당했다는 것이 더욱 견디기 힘듭니다."

"음, 그런 일이 있었군."

"제가 사람 보는 눈만 있었어도 그런 실수는 하지 않았을 텐데……"

나무 할아버지는 잠시 무엇인가 생각하다 한 가지 제안을 하였다.

"그럼, 내가 자네에게 사람 보는 법을 가르쳐 준다면 기운을 차리겠나?"

그는 나무 할아버지의 제안이 마음에 들었는지 확인하듯 다시 물었다.

"할아버지, 그런 비법이 있습니까?"

"물론이지. 내가 왜 자네를 속이겠나? 이제 자리에서 일어나 뭐 좀 먹고 몸을 추스르게. 그리고 며칠 안으로 공원으로 나를 찾아오게."

그는 나무 할아버지의 말에 힘을 얻어 곧장 침대에서 일어나 식사를 하기 위하여 아래층으로 내려갔다.

며칠 뒤 크리스는 나무 할아버지를 찾아가 책을 한 권받았다. 그것은 『관상학』이라는 책이었는데, 무척 오래된듯 겉표지가 매우 낡아 있었다.

다음날부터 그는 모든 것을 잊고 오로지 나무 할아버지가 준 관상학 책을 공부하기 시작하였다. 그런데 빨리 공부하겠다는 마음이 앞서 앞부분은 읽지도 않고 본문 내용이 있는 중간부터 읽어 내려갔다.

그렇게 몇 달을 공부하자 크리스는 길에서 만나는 사람

의 얼굴을 보거나 그와 이야기를 조금만 해보아도 그 사람의 성격이나 됨됨이를 절반 정도는 맞출 수가 있었다. 그러자 신이 난 그는 더욱 열심히 관상학 책에 매달렸고 어느덧 만나는 사람의 관상을 십중팔구 맞출 수 있게 되었다. 그는 점점 자신감이 생겨 새로운 일을 시작할 수 있었다.

그러던 어느 날 크리스는 문득 자신의 관상은 어떤지 궁금해졌다. 그는 아무도 없는 조용한 방으로 들어가 거울 앞에서 천천히 자신의 관상을 살펴보았다. 그런데 이게 웬일인가! 처음에 혹시 잘못 본 것이 아닌가 하여 여러 번 자세히 살폈지만 자신은 평생 고생하며 가난하게 살 관상이었다. 그 순간 그는 너무 실망하여 다시 침대에 눕고 말았다.

크리스가 다시 침대에 누워 아무도 만나지 않는다는 셀리의 말을 들은 나무 할아버지는 집으로 찾아갔다. 그는 힘없는 목소리로 자신의 관상 이야기를 꺼냈다. 그러자 나무 할아버지는 큰소리로 그를 나무랐다.

"자네는 내가 준 책을 제대로 공부하지 않은 모양이군!"

그는 자신이 얼마나 열심히 공부하였는지 관상학 책을 펼쳐놓고 조목조목 따지고 들었다. 조용히 이야기를 듣던 나무 할아버지는 그의 이야기가 끝나자 들고 있던 책을 달라고 했다.

잠시 후 나무 할아버지는 아무 말 없이 책의 첫 장을 펼

쳐 다시 그에게 건네주었다. 나무 할아버지가 펼쳐준 곳을
보는 순간 그의 얼굴이 붉게 물들고 말았다. 그것은 그가
서둘러 공부하느라 자세히 읽어보지 않고 넘어간 부분이
었다. 그 중에 그의 눈을 확 잡아당기는 글귀가 있었다.

"관상이 좋은 것은 몸이 건강한 것만 못하고, 몸이 건강
한 것은 마음이 바른 것만 못하다."

소중한 순간

버들마을 사람들이 가장 기다리는 행사는 1년에 한 번 마을 학교에서 주최하는 학예회였다. 이 학예회에서는 학생들이 합창, 연극, 마술 등의 공연을 열심히 준비하여 가족과 일가친척 그리고 마을 사람들을 초대하여 즐겁게 하루를 보냈다. 비록 학교의 다른 행사에는 잘 참석하지 않는 어른들이라도 학예회에 초대받으면 모두 시간을 내어 참석할 만큼 마을 사람들이 좋아하는 행사였다.

올해의 학예회가 끝나고 사람들과 함께 강당을 나오던 나무 할아버지는 한쪽 구석에 쓸쓸하게 앉아 있는 피터를 발견했다.

"아니 왜 가족들과 함께 돌아가지 않고 여기 혼자 남아 있는 건가?"

"조금 생각할 일이 있어서 그렇습니다."

피터의 모습이 왠지 힘이 없어 보이자 나무 할아버지는

피곤한 듯 다리를 두드리고는 옆에 앉았다.

"좁은 곳에 오래 앉아 있었더니 조금 피곤하군. 잠시 쉬었다 갈까?"

그때 가족으로 보이는 사람들이 무슨 재미있는 이야기를 하는지 밝게 웃으며 앞을 지나갔다. 피터는 자신도 모르게 고개를 돌려 그들의 뒷모습을 부러운 듯이 쳐다보았다.

"정말 보기 좋은 모습이군."

나무 할아버지가 말하자 피터는 잠시 머뭇거리다 입을 열었다.

"할아버지, 왜 가족들은 제 마음을 몰라주는 걸까요?"

"갑자기 그게 무슨 말인가?"

"사실 오늘 학예회에 꼭 참석하려 했지만 갑자기 회사에 급한 일이 생기는 바람에 조금 전 공연이 다 끝난 후에야 도착할 수 있었습니다. 저도 제 아이들이 나오는 공연에 될 수 있으면 꼭 참석하려고 했죠. 하지만 도저히 회사에서 빠져나올 수 없는 상황이라 어쩔 수 없었습니다."

조금 전 상황이 다시 생각난 듯 피터는 한숨을 쉬었다.

"저도 마음이 편치 않은데 아내는 저를 보자마자 잔소리를 해대고 아이들은 저와 말도 하지 않으려 했습니다. 저라고 그러고 싶어 그런 것도 아닌데 아내와 아이들이 그렇게 나오니, 처음에는 사과를 했다가 나중에는 큰 소리로

화를 내고 말았습니다."

피터의 이야기를 다 듣고 나서 나무 할아버지가 물었다.

"자네는 가족과 회사 일 중에 어느 것이 중요하다고 생각하나?"

"그야 당연히 가족이 더욱 소중하죠. 그렇지만 저 하나 때문에 회사에 피해를 줄 수도 없는 것 아닙니까?"

"물론 회사에 피해를 주면서까지 자신의 가족을 챙기면 안 되겠지. 하지만 내가 본 바로 자네는 항상 밤늦게까지 회사 일에 매여 있었네. 내 말이 틀린가? 자네가 가족을 생각해서 좀더 시간이 자유로운 직장으로 옮겨갈 수도 있는 것 아닌가?"

"그렇지만 그렇게 되면 수입이 적어지는데……."

변명하듯 대답하는 피터의 말을 나무 할아버지가 가로막으며 말했다.

"수입이 적어지면 아이들이 원하는 것을 사줄 수 없고, 좋은 집에서도 살 수 없게 된단 말이지?"

"그렇습니다."

"이보게, 자네는 아이들이 아버지와 함께 보내는 즐거운 시간보다 더 원하는 것이 무엇이라고 생각하나?"

피터는 잠시 무엇인가 생각하다가 힘없이 고개를 가로저었다.

"저도 어렸을 때 아버지가 항상 바쁘셔서 함께 지낼 수 없었습니다. 한번은 출장 가는 아버지에게 가지 말라고 떼를 쓴 적도 있었죠. 그때 조금 더 아버지와 함께 시간을 보낼 수 있었다면 맛있는 음식이나 좋은 집 같은 것은 아마 문제도 안 되었을 겁니다."

나무 할아버지도 고개를 끄덕이며 말했다.

"아이들은 금방 자라지. 나중에 자네가 잘못된 것을 느끼고 아이들과 함께 시간을 보내려 할 때쯤이면, 아이들이 더 이상 아버지를 필요로 하지 않을지도 모르네. 지금 아이들과 충분한 유대감을 만들어 놓지 못한다면 나중에 서먹서먹한 사이가 되어 더 이상 아이들 곁에 다가갈 수 없게 될지도 모르지. 자네는 지금 그런 귀중한 시간을 낭비하고 있다는 것을 명심하게."

"그렇군요. 저는 그동안 아이들에게 필요한 것이 무엇보다도 아이들 곁에서 그들이 커가는 것을 지켜봐 주는 것이라는 걸 잊었습니다. 어렸을 때 제가 그토록 원했던 것인데도 말입니다. 그러고 보니 큰애와 둘째가 자전거를 처음 타는 것도 보지 못했습니다."

"아직 막내가 남아 있지 않은가."

나무 할아버지가 피터의 등을 어루만지며 위로해 주었다.

"맞습니다. 그 애가 자전거를 처음 탈 때에는 꼭 함께 있도록 노력하겠습니다."

"좋은 생각이군. 아이들이 처음 자전거를 탈 때는 그 누구보다도 든든한 아버지가 함께 있어야 하는 법이지."

"이만, 집에 가 봐야겠습니다. 할아버지 고맙습니다."

며칠 뒤 나무 할아버지는 공원에서 막내아들과 즐겁게 자전거를 타고 있는 피터의 모습을 볼 수 있었다.

사랑을 담은 요리

버들마을에는 '파인'이라는 오래된 식당이 있었다. 파인은 비록 규모가 크지는 않았지만 근교에서는 음식이 맛있기로 소문이 나서 먼 곳에서까지 사람들이 찾아오는 유명한 식당이었다. 그러나 1년 전 주인이었던 안소니가 갑자기 심장병으로 쓰러져 대도시 병원에 입원하게 되었고, 그의 아들 칼이 그곳을 맡게 되었다.

그 후부터 파인의 명성이 조금씩 쇠퇴하기 시작하였다. 칼은 아버지의 음식 맛을 되찾기 위하여 밤늦게까지 열심히 노력하였지만 손님들은 칼이 만든 음식을 예전에 맛보았던 안소니의 음식과 비교하며 마음에 차지 않았는지 고개를 저었다.

나무 할아버지는 가끔 칼의 초대로 파인에 들러 그가 새로 만든 요리를 맛보고 평가를 해주곤 하였다. 나무 할아버지는 다른 사람들이 뭐라 하든 열심히 노력하는 칼을 높

이 평가하고 그가 빨리 아버지의 그늘에서 벗어나 자신의
요리법을 찾기를 바랐다.

그러던 어느 날 나무 할아버지는 문 닫을 시간이 아닌데
도 파인에 불이 꺼져 있는 것을 보게 되었다. 파인은 처음
문을 열었을 때부터 일요일을 빼고는 아침 8시에서 밤 9시
까지 절대로 문을 닫지 않는 것이 전통이었다.

나무 할아버지가 다가가 살펴보니 파인은 불만 꺼져 있
을 뿐 문은 잠겨 있지 않았다. 식당 안에서는 희미한 불빛
아래 칼이 혼자 술을 마시고 있었다.

"아니, 도대체 무슨 일인가? 이러다 정말 식당 문을 닫게
되면 어쩌려고?"

나무 할아버지의 걱정스러운 말에 카일은 앞에 놓인 술
을 단숨에 마셨다.

"어차피 얼마 안 있으면 망할 텐데 조금 일찍 망한다고
해서 무슨 큰일이라도 나겠습니까?"

나무 할아버지는 무슨 일이 있었는지 알아보려고 칼의
아내 마리아를 찾았다. 그러나 식당 안 어디에도 그녀의
모습은 보이지 않았다.

"마리아는 어디 외출했나?"

"외출한 것이 아니라 아주 이곳을 떠났습니다."

칼이 술에 취한 목소리로 대답했다.

"아니, 그게 무슨 말인가. 마리아가 떠나다니?"

"사실 잘한 일이지요. 저 같은 놈 곁에 있어 보았자 고생만 하지 무슨 낙이 있겠습니까!"

"마리아와 무슨 일이 있었나?"

칼은 또 단숨에 술잔을 비우고는 괴로운 표정을 지으며 저녁에 있었던 일을 이야기했다.

"모든 게 제 잘못입니다. 사실 오늘이 저희 결혼기념일이랍니다. 그래서 그랬는지 마리아는 며칠 전부터 약간 들뜬 모습이었죠. 그녀가 낮에 찾아와 오늘 하루만 매일 밤하는 요리 연습을 쉬자고 했습니다. 그러나 요즘 가게 문제로 고민이 많던 저는 마리아에게 가게가 이 지경인데 쉬자는 말이 나오냐고 벌컥 화를 내고 말았습니다. 그녀는 울면서 나가 버렸고, 저는 나중에 동생의 축하 전화를 받고서야 오늘이 우리의 결혼기념일이었다는 것을 알게 되었습니다. 마리아는 매일 새로운 요리를 연습하느라 쉬지 못하는 저를 걱정하며, 몰래 며칠 전부터 즐거운 파티를 준비했다더군요. 낮에 그렇게 그녀에게 큰소리를 치는 게 아니었는데……."

칼은 자신의 행동을 후회하며 다시 술을 마시려 했다. 그때 나무 할아버지가 칼의 손을 잡으며 물었다.

"그래, 마리아가 갈 만한 곳은 다 찾아보았나?"

"네, 친구들에게 연락해 보았지만 모두 오지 않았다고 하더군요."

칼의 말에 나무 할아버지는 잠시 생각하다가 말했다.

"혹시, 자네 둘만이 아는 장소는 없나? 예를 들면 연애시절에 자주 가던 장소라든가……."

칼은 나무 할아버지의 말에 무엇인가 생각이 났는지 "아!" 하고 놀라며 밖으로 뛰어나갔다.

나무 할아버지는 두 사람을 기다리는 동안 식당 안의 불을 모두 켜고 가장 좋은 자리에 약간의 장식을 해놓았다. 얼마 후 칼이 마리아와 함께 돌아왔다. 마리아는 아직 화가 풀리지 않았는지 나무 할아버지에게 가볍게 인사만 하고는 더 이상 아무 말도 하지 않았다. 그녀는 추운지 몸을 약간 떨고 있었다. 칼은 마리아를 위해 차를 끓이려고 서둘러 주방으로 들어갔다. 나무 할아버지는 정성을 다하여 차를 끓이고 있는 칼에게 다가가 넌지시 물었다.

"그래, 마리아를 어디에서 찾았나?"

나무 할아버지의 물음에 칼은 쑥스러운 듯이 뒷머리를 긁적였다.

"아내는 제가 예전에 청혼하였던 강가에 있었습니다."

칼은 부끄러운지 그 말만 하고는 마리아에게 차를 가져다주었다. 마리아는 차를 마시면서도 여전히 칼과는 아무런 이야기를 하지 않았다. 그러나 칼이 진정으로 사과를 하고 나무 할아버지까지 옆에서 한 번만 칼을 용서해 주라고 부탁하자, 그녀도 더 이상 가만히 있기가 힘들었는지 입을 열었다.

"아침부터 아무것도 먹지 않아서 배가 많이 고파요. 만일 당신이 내가 놀랄 만큼 맛있는 음식을 만들어준다면 용서해 주겠어요."

마리아의 말에 칼은 밝은 미소를 지으며 "잘 알겠소!"라고 대답하고는 주방 안으로 들어갔다. 칼은 오직 아내를 위하여 사랑이 가득 담긴 음식을 만들기 시작하였다.

잠시 후 칼은 맛있는 냄새가 나는 음식을 쟁반에 담아 내왔다. 칼은 여간해서 쓰지 않는 은그릇에 따뜻한 수프를 담아 마리아에게 주었다. 그 수프는 옆에 앉아 있던 나무 할아버지까지도 입맛을 다시게 할 정도로 냄새가 좋았다.

수프를 먹으며 마리아의 표정도 점차 부드럽게 변해 갔다. 칼은 마리아의 만족스러운 표정에 힘을 얻어 다른 요리를 내왔다. 새로운 요리를 먹을수록 그녀의 얼굴에 미소가 돌더니 식사가 거의 끝나갈 때쯤에는 항상 웃음을 머금던 평소의 모습으로 돌아와 있었다.

그때 조용히 문이 열리며 허름한 차림의 중년 신사가 들어왔다. 그는 식당 안의 분위기가 이상했는지 약간 머뭇거리다 입을 열었다.

"늦었지만 괜찮다면 식사를 좀 할 수 있을까요?"

"죄송합니다만 오늘은 이미 영업이 끝났습니다."

"아, 그렇습니까. 실례했습니다."

중년신사는 인사를 하고 힘없이 몸을 돌려 나가려고 했다. 그런데 허름한 옷차림과 피곤해 보이는 모습이 불쌍해 보였는지 마리아가 칼에게 눈짓을 보냈고, 칼이 그녀의 마음을 알아채고 나가려던 중년 신사를 불러 세웠다.

"식당 문은 이미 닫았지만 괜찮으시면 저희가 먹는 음식을 많이 만들었으니 함께 드시겠습니까?"

자신을 한센이라 소개한 그는 감사하다는 인사를 하고는 식탁에 앉아 함께 음식을 먹었다. 한센은 음식 맛이 훌륭하다고 칭찬하고는 요리법에 대하여 이것저것 물었다. 칼은 오래간만에 자신의 음식을 칭찬하는 사람을 만나 신이 났다. 그가 묻는 말에 자세히 설명해 주는 칼을 보며 마리아와 나무 할아버지는 미소를 지었다.

그런 일이 있은 지 얼마 후 다시 파인을 찾은 나무 할아버지는 크게 놀랐다. 식당 안은 손님들로 가득 차 빈 테이블이 하나도 없을 뿐 아니라 입구에도 차례를 기다리는 사람들이 길게 줄을 서 있었다.

"아니, 이게 어떻게 된 건가?"

나무 할아버지는 마리아를 찾아가 어떻게 된 일인지 물었다. 그러자 그녀는 바쁜 중에도 즐거운 듯 미소를 지으며 "모든 것이 이 잡지 때문이지요."라고 하면서 잡지 한 권을 건네주었다. 그것은 유명한 미식가들로 이루어진 편집진이 전국에 있는 식당들을 찾아다니며 음식을 비밀리에 맛보고 순위를 매겨 발표하기로 유명한 요리전문 잡지였다. 마리아가 건네준 그 잡지에는 '파인—사랑을 담은 요리'라는 제목으로 여러 페이지에 걸쳐 특집기사로 자세히 소개되어 있었다.

"아니, 이 잡지사에서 언제 파인을 취재했나?"

나무 할아버지가 의아해 하며 물었다.

"그때 할아버지도 같이 계셨잖아요?"

마리아가 웃으며 말했다.

"아니, 취재할 때 나도 함께 있었다고?"

"네, 얼마 전 저희 결혼기념일 날 만난 한센이 바로 이 잡지의 편집장이었어요. 그는 다른 식당을 들렀다 돌아오는 길에 길을 잘못 들어 헤매다가 우리 식당에까지 오게 되었던가 봐요. 한센이 음식을 먹으며 남편에게 여러 가지를 물은 것이 다 이유가 있었던 거죠."

나무 할아버지는 주방에서 예전과 달리 밝은 표정으로

음식을 만드는 칼의 모습을 보았다. 이제 그는 아버지의 음식 맛을 완전히 익히고 자신만의 특별한 요리법을 지닌 훌륭한 요리사가 되었다는 것을 느낄 수 있었다.

생각의 차이

사람마다 다르겠지만 도시에서 살다가 시골로 이사하는 사람들에게는 그 나름대로 사연이 있게 마련이다. 몇 년 전 필립은 과로로 건강이 악화되자 의사의 권유로 조용하고 공기 좋은 곳을 찾아 버들마을로 이사를 왔다.

버들마을에 오기 전까지 도시에서만 살았던 필립은 한동안 마을 사람들과 잘 어울리지 못하고 몇 달 동안 홀로 집안에서만 지냈다. 그러다가 우연히 게일과 나무 할아버지를 알게 되었고, 그들이 자주 필립에게 찾아가 이야기도 나누고 마을의 여러 행사에 초대해 주어 자연스럽게 어울리게 되었다. 그러면서 오래지 않아 마을 사람들과도 친한 사이가 되었다.

시원한 저녁바람이 불기 시작할 때 나무 할아버지는 필립의 집을 찾았다. 필립이 지금껏 맛보지 못한 새로운 차를 구해 놨으니 차 맛을 품평해 달라고 초대했기 때문이었다. 나무 할아버지는 음식이나 물건에 욕심을 내지 않는 성격이지만, 좋은 차가 있다는 곳에는 어디라도 달려갈 만큼 차 마시기를 즐겼기에 기쁜 마음으로 필립의 초대에 응했다.

나무 할아버지는 얼마 전에 필립이 새로 꾸민 다실로 안내되었다. 필립은 차를 마실 수 있는 준비를 하고 아들 브라운과 함께 기다리고 있었다. 필립은 나무 할아버지를 반갑게 맞았고, 옆에 앉아 있던 브라운도 일어나서 가볍게 인사를 했다.

브라운은 나무 할아버지를 한번 본 적이 있었지만 그때는 잠깐 인사만 한 것이고 자세히 보는 것은 이번이 처음이었다. 대부분 젊은 사람이 그렇듯 브라운도 차를 좋아하지 않아서인지 이 자리에 나와 있는 것이 불편해 보였고 표정도 그리 밝지 않았다.

자리에 앉은 나무 할아버지는 필립이 따라주는 차를 마셔 보고는 그 맛과 향기를 칭찬하였다. 필립은 나무 할아버지의 칭찬에 신이 나서 어렵게 차를 구한 경위를 자세히 설명해 주었다. 그렇게 차에 대해 이야기를 나누다 처음 나무 할아버지가 필립에게 차를 권했을 때의 이야기가 나왔다. 필립은 그때가 다시 생각난 듯 웃으며 말했다.

"그날 할아버지께서 차를 주셨을 때 저는 이런 이상한

맛이 나는 물을 어떻게 먹을까 하며 속으로 불평했었습니다. 그러던 제가 어느덧 차를 마시지 않으면 허전함을 느낄 정도가 되었으니, 정말 사람의 입맛은 믿을 것이 못 되는 듯합니다."

"좋은 것에 끌리는 것은 물이 아래로 흐르듯 자연스러운 것인데 어찌 입맛이 간사하다고만 할 수 있겠나."

필립은 나무 할아버지와 시간 가는 줄 모르고 이런저런 이야기를 나누다가, 브라운이 계속 어색하게 앉아 있는 것을 보고 본론을 말하기 시작하였다.

"오늘 할아버지를 이렇게 초대한 이유는 새로 구한 차를 함께 마시고 싶어서였고, 또 하나는 제 아들 브라운 때문입니다."

필립은 옆에 앉은 브라운을 한번 보고는 다시 말을 이었다.

"이번에 제 아들이 대학교를 졸업하고 취직을 하게 되었는데 첫 근무지가 외국으로 발령 나는 바람에 다음 주면 이곳을 떠나게 되었습니다. 브라운은 이미 다 컸지만 부모 마음으로 어찌 걱정이 되지 않겠습니까? 할아버지께서 제 아들이 떠나기 전에 도움이 될 만한 이야기라도 한 마디 해주셨으면 하는데 괜찮겠습니까?"

필립의 부탁에 나무 할아버지는 마시던 차를 내려놓으

며 말했다.

"이런 귀한 차를 마셨는데 어찌 그냥 있을 수 있겠나."

나무 할아버지는 흔쾌히 승낙하고는 밖으로 나가자고 했다. 앞마당으로 나온 나무 할아버지는 땅바닥에 그 사이가 10센티미터 정도 되는 두 개의 평행선을 그렸다.

"브라운, 이 사이를 한번 걸어 보게."

오랫동안 지루하게 있던 브라운은 나무 할아버지의 말에 못마땅한 표정을 지었다. 하지만 필립과 눈이 마주치자 마지못해 나무 할아버지가 그려놓은 두 선 사이를 걸었다.

"어렵지 않았나?"

나무 할아버지의 물음에 브라운은 성의 없는 말투로 대답했다.

"뭐가 어려워요? 이 정도 간격이면 초등학생도 걷겠습니다."

"호! 그래, 그러면 이번에는 저기 보이는 이층 난간 위를 한번 걸어 보게."

브라운은 이층 난간을 힐끔 쳐다보았다.

"아니, 어떻게 저 이층 난간 위를 걷는단 말입니까?"

"이층 난간의 간격도 이 두 선 간격밖에 되지 않는데 어째서 걷지 못한단 말인가?"

"그야, 바닥과 저기 이층 난간은 높이가 많이 차이 나지 않습니까?"

"물론 둘은 바닥과 이층 높이로 서로 차이가 있지만 그 것은 그렇게 중요한 것이 아니라네."

"그게 무슨 말입니까?"

"그보다 정작 중요한 것은 생각의 차이지."

"생각의 차이라니요?"

"그래, 땅바닥의 선 사이와 난간의 폭은 거의 같은데 자 네 마음에 난간에서 떨어질지도 모른다는 두려움이 먼저 앞서기 때문에 난간 위를 걸을 수 없는 거라네. 브라운, 자 네가 그 차이를 극복할 수 있다면 어디에 가서든 자기 자 신을 지킬 수 있을 걸세."

말을 마친 나무 할아버지는 깊은 생각에 빠져 있는 브라 운을 뒤로 한 채 필립과 함께 다실로 돌아왔다. 두 사람은 서로 마주 앉아서 새로 맛보는 차 맛을 음미하며 천천히 마셨다.

무너지지 않는 다리

나무 할아버지는 강둑을 따라 산책하다 로빈을 발견했다. 그는 무슨 깊은 생각에 빠져 있는지 강둑에 앉아 흘러가는 강물을 하염없이 바라보고 있었다. 나무 할아버지는 로빈의 곁에 조용히 다가가 앉으며 말했다.

"로빈, '어진 사람을 산을 좋아하고, 지혜로운 사람은 물을 좋아한다.'는 옛말이 있는데, 네가 물을 좋아하는 걸 보니 넌 지혜로운 사람인가 보구나."

지혜롭다는 말에 로빈은 조금 전에 집에서 할아버지와 다투었던 일이 생각나 자신도 모르게 얼굴이 붉어졌다.

"그런데 무슨 생각을 그렇게 골똘히 하고 있었느냐?"

"사람은 왜 모두 늙는 것인가를 생각하고 있었습니다."

로빈이 나이에 맞지 않는 대답을 하자 나무 할아버지는 호기심이 일어났다.

"그래, 조금 엉뚱하긴 하지만 너는 왜 사람이 늙는다고 생각하느냐?"

"잘 모르겠습니다. 할아버지는 왜 사람이 늙는다고 생각하세요?"

"글쎄다, 나는 사람이 늙는 것은 자신이 가진 모든 것을 나누어주기 때문이 아닐까 생각한다만……."

"할아버지, 자신이 가진 모든 것을 나누어주기 때문에 늙는다구요?"

"그래, 네가 지금은 잘 이해가 되지 않겠지만 조금 더 크면 내 말이 이해가 될 것이다. 그런데 왜 갑자기 그런 것을 묻는 거냐?"

로빈은 잠시 망설이다 대답했다.

"사실 아침에 저희 할아버지에게 함부로 대들었다가 아버지에게 혼이 났어요. 저도 할아버지가 싫은 것은 아니지만 옛날에는 어땠는데 지금 아이들은 이래서 문제라고 하면서 자꾸 옛날과 비교해서 잔소리하고 꾸짖는데 정말로 화가 나요. 옛날은 옛날이고 지금은 지금 아닌가요? 옛날 이야기를 하도 많이 들어서 이제 저희 할아버지의 과거에 대해서는 모르는 게 없을 정도예요."

"호, 그렇다면 네 할아버지의 젊은 시절 별명이 무엇인지도 알겠구나?"

"할아버지의 별명이요? 그런 것은 여태껏 한번도 들은

적이 없는데요?"

"그래? 그럼 너는 아직도 듣지 못한 옛날이야기가 있는 모양이구나."

로빈은 고개를 끄덕이며 궁금증을 감추지 못하고 물었다.

"근데, 우리 할아버지 별명이 뭐였는데요?"

"젊은 시절 네 할아버지의 별명은 '바위 존' 이었단다."

"바위 존이요?"

"네 할아버지는 마을에서 덩치가 가장 컸을 뿐만 아니라 힘도 장사였지. 그래서 모두들 네 할아버지를 바위 존이라 불렀단다."

로빈은 지금은 말라 왜소해 보이기까지 하는 할아버지가 예전에 그렇게 불렸다는 것이 믿어지지 않는 표정이었다.

"정말이에요?"

"믿지 못하겠다는 거냐. 그럼 확인시켜 줄 테니 잠시 나를 따라오너라."

나무 할아버지는 반신반의하는 표정을 짓고 있는 로빈을 데리고 미리내 강을 가로지르는 다리로 왔다. 그리고 다리 입구에 있는 교각 밑으로 다가가 수풀을 헤치며 무언가를 찾기 시작했다. 이윽고 원하는 것을 찾았는지 로빈을 불렀다. 교각 한쪽에 '위험 속에서 다리를 지킨 바위 존을 기리며' 라고 희미하게 새겨져 있었다.

"어, 왜 우리 할아버지 별명이 이곳에 새겨져 있지?"

"거기에는 다 이유가 있단다."

나무 할아버지는 강물을 바라보며 교각에 그것이 새겨진 이유를 로빈에게 이야기해 주었다.

오래 전 버들마을은 다른 마을들에 비해 외진 곳이라 상대적으로 발전이 늦었다. 마을에는 학교도 없었고 외부와 마을을 연결하는 유일한 통로도 나무로 엉성하게 만든 다리가 전부였다. 조금이라도 큰비가 내리면 다리가 통째로 떠내려가기 일쑤였다. 그러면 임시로 다리를 만들 때까지 버들마을은 외부와 완전히 고립되어 교통은 물론 옆 마을로 학교를 다니던 아이들도 학교에 가지 못하곤 했다.

그러한 일이 자주 생기자 마을 사람은 큰비에도 무너지지 않을 튼튼한 다리를 세우기로 결정하고 힘을 모았다. 그 중에서도 존은 혼자서 다른 사람의 몇 배의 일을 하면서도 항상 얼굴에 미소를 잃지 않았다.

그렇게 마을 사람들이 모두 열심히 작업한 덕분에 6개월 만에 다리를 거의 완성할 수 있었고, 남은 일이라고는 콘크리트가 굳기만 기다리면 되었다. 그러나 다음날 아침부터 갑자기 큰비가 내리기 시작하더니 오후가 되어도 비가 그치지 않았다. 마을 사람들은 누가 나오라고 한 것도 아닌데 모두 강둑으로 나와 불어나는 강물을 바라보며 아직 단단히 굳지 않은 다리를 걱정하였다.

밤이 된 후에도 비는 조금도 그칠 기미를 보이지 않았다. 게다가 설상가상으로 강 위에서 떠내려 오던 나무들이 자꾸 교각에 걸려 차곡차곡 쌓이면서 마치 다리가 댐 역할을 하게 되었다. 시간이 흐를수록 다리가 곧 무너질 것 같았고 강물이 강둑을 넘어 마을로 범람할지도 모를 형편이었다. 마을 사람들은 안타까워 발을 동동 굴렸지만 물살이 험해서 감히 아무도 다리 근처에 갈 생각을 못하고 불어나는 강물을 쳐다보고만 있었다.

바로 그때 존이 다리 위에 올라가 교각에 걸린 나무들을 옆으로 밀어내는 것이 보였다. 하지만 나무들이 서로 엉켜 있는데다가 물살까지 거세 나무들은 꿈쩍도 하지 않았다. 사람들이 위험하니 그만 돌아오라고 소리쳤지만, 존은 포기하지 않고 계속 나무를 밀어냈다. 그러자 존의 모습을 보고 있던 젊은이 중 몇몇이 강둑에서 내려와 함께 나무를 밀어내기 시작했다. 처음에는 흔들거리기만 하던 나무들이 여러 사람이 힘을 합치자 다리 밑으로 하나둘 떠내려갔다.

결국 아침이 되어 비가 그치고 물이 빠지기 시작하였을 때 다리는 난간이 조금 부서졌을 뿐 다른 곳은 이상이 없었다. 사람들은 밤샘 작업으로 피곤했지만 모두 환한 얼굴로 집으로 돌아갈 수 있었다. 집으로 돌아가는 길에 사람들이 존에게 왜 그렇게 위험한 행동을 했냐고 물었다. 존은 환하게 웃으며 대답했다.

"앞으로 내 아들과 손자들이 이 다리를 건너 학교에 다니게 될 텐데, 이 다리가 무너진다면 그 아이들도 우리들처럼 비가 오기만 하면 학교에 가지 못할 게 아닌가. 나는 버들마을 아이들에게 예전에 우리가 겪었던 일을 겪게 하고 싶지 않았네."

마을 사람들은 존의 이야기를 듣고 고개를 끄덕였다. 얼마 후 다리가 완공되었을 때 존의 공로를 기억하고 있던 마을 사람들은 교각에 존의 이름을 새겨 그의 마음을 영원히 기리기로 하였다.

나무 할아버지의 이야기를 들으면서 로빈은 며칠 전 일이 생각났다. 비가 많이 내리던 날 할아버지가 "비가 많이 오는데 다리가 괜찮을지 모르겠구나." 하고 걱정스러운 듯 말하는 것을 듣고 텔레비전을 보고 있던 로빈은 "그런 낡은 다리 부서지면 어때요, 한동안 학교 안 가고 좋지요." 라고 말했다. 그때 왠지 모르게 쓸쓸해 하던 할아버지의 모습이 떠오르자 로빈은 교각에 새겨진 글을 더 이상 볼 용기가 없어 고개를 살며시 옆으로 돌렸다.

로빈은 조금 전 나무 할아버지가 말했던 '나누어주기 때문에 늙어간다'는 말의 의미가 어느 정도 이해되었다. 나무 할아버지는 로빈의 마음을 알았는지 미소를 지으며 말했다.

"거봐라. 시간이 되면 이해할 수 있다고 하지 않았니?"

로빈은 약간 쑥스러운 표정으로 미소를 지었다.

"어서 할아버지에게 가서 그동안 제가 잘못했다고 용서를 빌어야겠어요."

나무 할아버지는 로빈의 뒷모습을 보며, 내일부터는 예전처럼 바위 존의 밝은 미소를 다시 볼 수 있을 거라는 생각이 들자 기분이 좋아졌다.

화를 삭이는 법

길을 걷던 나무 할아버지는 제임스 가게 앞에 많은 사람들이 모여 있는 것을 보았다. 사람들이 빙 둘러 입구를 가로막고 있어서 안에서 무슨 일이 벌어지고 있는지 잘 보이지 않았다. 하지만 누군가 싸우고 있는지 큰소리가 밖에까지 들려왔다. 나무 할아버지는 무슨 일인지 궁금하여 사람들을 헤치고 안으로 들어갔다.

안에서는 제임스가 웬 낯선 남자와 심하게 다투고 있었다. 두 사람은 갈수록 말이 험악해지더니 금방이라도 상대방에게 주먹질까지 할 분위기였다. 다행히 주위에 있던 사람들이 나서서 말리는 바람에 큰 싸움이 벌어지지 않았지만 양쪽 모두 흥분하여 쉽게 진정되지 않는 모습이었다.

"아무튼 법적으로 처리하든 말든 당신 마음대로 하시오. 우리는 상관없으니까!"

남자는 그 말만을 남기고 자신의 차에 올라타고 가버렸

다. 주위에 있던 사람들도 제임스를 위로하는 말을 한 마디씩 하고는 하나둘 그곳을 떠나갔다. 잠시 후 가게에는 여전히 화가 풀리지 않은 제임스와 나무 할아버지만 남게 되었다.

"무슨 일이기에 평소 자네답지 않게 언성을 높이며 다투는 건가?"

그제야 제임스는 약간 붉어진 얼굴로 뒷머리를 긁적이며 말했다.

"그는 제 가게에 제품을 납품하는 사람입니다. 1년 전쯤 신제품을 가지고 와서 사정사정하며 구매를 부탁했었죠. 다른 가게들은 그 신제품을 받는 것을 달가워하지 않았고 경쟁회사의 로비로 진열조차 해주지 않았습니다. 하지만 저는 그의 모습에서 예전에 처음 가게를 열고 힘들어했던 젊은 시절이 생각나고, 품질도 괜찮은 것 같아서 제품을 구입하고 좋은 자리에 진열까지 해주었죠. 그러나 요즘 그 제품이 사람들에게 좋은 평판을 받고 수요가 늘어나자, 오늘 찾아와서 하는 말이 그때 맺었던 계약은 자신에게 불리하니 다시 계약을 맺지 않으면 납품하지 않겠다지 뭡니까! 할아버지, 어디 그게 말이 됩니까!"

"이보게, 그렇게 화를 내봤자 아무런 소용이 없지 않나."

나무 할아버지는 제임스를 달래며 말했다.

"그의 행동이 너무 괘씸해서 그렇습니다. 저도 이대로 가만히 있지만은 않을 것입니다. 저에게는 그와 합의한 계약서가 있으니……."

"그럼 법정에라도 서겠다는 말인가?"

"못 할 것도 없죠!"

나무 할아버지는 잠시 제임스가 진정하기를 기다린 뒤 말을 이었다.

"자네는 '화가 났을 때 가장 좋은 것은 아무것도 하지 않는 것이다.'라는 옛말도 모르나?"

"화가 났는데 어떻게 아무것도 하지 않고 가만히 있습니까?"

"사람은 화가 나 있을 때는 흥분한 상태라 판단력이 흐려져 무슨 일을 하든 실수할 확률이 높다네. 그러한 상태에서 바로 결정을 내리지 말고 화가 가라앉은 후에 상황을 잘 판단하고 결정하라는 말이네. 자네도 우선 천천히 심호흡을 몇 번 한 후에 어떤 결정을 내려야 후회하지 않을까 생각해 보고 행동하게."

제임스는 나무 할아버지의 조언대로 심호흡을 몇 번 하자 어느 정도 마음이 안정되는 것 같았다.

"혹시 자네는 그 제품을 판매하여 얻는 이윤이 아까워서 그러는 건가?"

"아닙니다. 사실 이 가게의 전체 이윤에 비하면 그것을 판매하여 남는 이윤은 그렇게 많지 않습니다."

제임스는 약간 쑥스러워하며 대답했다.

"그렇다면 그런 보잘것없는 이윤 때문에 자네가 그동안 지켜왔던 약속과 상도를 외면하고 그런 사람을 상대할 필요는 없겠군?"

"그렇게 말씀하시니 제가 지나치게 화를 낸 것 같군요. 하지만 다시 말하지만 꼭 이윤 때문에 화가 난 것은 아니었습니다."

"알고 있네. 자네는 그의 무례함 때문에 화가 난 것이 아닌가?"

"그렇습니다."

"하지만 그가 경우 없이 나온다고 자네도 같이 그런다면, 자네 또한 그 사람과 똑같은 사람이 된다는 것을 명심하게."

나무 할아버지는 생각에 빠져 있는 제임스의 어깨를 가볍게 두드리고는 가게를 나왔다.

며칠 뒤 나무 할아버지는 길에서 우연히 제임스를 만났다. 지난번 일이 어떻게 해결되었는지 묻자 그는 밝은 표정을 지으며 말했다.

"할아버지도 그 표정을 한 번 보셨어야 했습니다. 제가 만나자고 연락하자 그는 변호사까지 대동하고 나타났더군요. 그런데 제가 당신들과 더 이상 거래를 안 하겠으니 내 가게에 있는 물건을 가지고 당장 떠나라고 하자, 놀란 그의 표정이 정말 볼 만했습니다."

나무 할아버지는 제임스가 말한 그 표정을 직접 보지는 않았지만 어땠는지 알 것 같아서 저절로 미소가 지어졌다.

어떤 정원사와 청소부

어느 날 나무 할아버지는 평소 친분이 있던 도예가인 테인에게서 아주 소중한 선물을 받았다. 그가 작품 중에 마음에 드는 것이 나왔다며 제자인 데이브 편에 찻잔 세트를 보내온 것이다. 나무 할아버지는 테인이 선물한 찻잔을 천천히 살피며 빛깔과 문양을 칭찬하였다.

"예전에 지나가는 말로 좋은 찻잔이 나오면 보내주겠다고 말했는데, 정말 이렇게 귀한 것을 보내다니 감사한 일이군. 그래 테인의 건강은 어떤가?"

"걱정해 주신 덕에 정정하십니다."

"그럼 아직까지도 그 성격은 여전하겠군?"

데이브는 그 말이 무엇을 뜻하는지 안다는 듯이 미소를 지으며 말했다.

"얼마 전에 이름만 대면 누구나 알 만한 부자가 선생님을 직접 찾아와 자신의 이름을 새긴 도자기를 구워준다면

액수에 상관없이 원하는 금액의 주겠다고 했습니다. 그러
자 선생님은 앞에 있던 찻잔을 집어던지며 당장 나가라고
호통을 치셨죠. 만일 그때 옆에 있던 저희들이 말리지 않
았다면 아마 무슨 일이 났을 겁니다."

나무 할아버지는 보지 않았어도 그 광경이 눈에 선했다.

"자네 말을 들으니 테인의 건강은 하나도 걱정할 필요가
없겠군."

"저도 테인 선생님께서 유명한 정치인이든 돈 많은 부자
든 상관없이 하고 싶은 말을 하신다고 들었지만, 솔직히
소문이 조금 과장되었다고 생각했습니다. 그러나 제가 선
생님 밑에 들어와 보니 오히려 소문이 축소된 게 아닌가
하는 생각이 들더군요."

"그런가? 하지만 테인에게는 아주 당연한 일들이지."

"그런데 한번은 이상한 일이 있었습니다. 지난주에 초
라한 차림을 한 노신사가 찾아와 아내에게 선물하고 싶다
며 그녀가 좋아하는 꽃모양을 새긴 그릇을 만들어 달라고
부탁했죠. 우리는 선생님이 '나는 내가 만들고 싶은 것만
만든다.' 며 한바탕 소동이 벌어질 거라고 생각하고 눈을
질끈 감았습니다. 그런데 선생님이 노신사에게 '지금 무
슨 일을 하고 계십니까?' 하고 정중하게 묻는 게 아니겠습
니까. 그가 '젊어서부터 지금까지 정원을 돌보는 일을 하

고 있습니다.' 라고 대답하자 선생님은 고개를 끄덕이더니 노신사의 부탁을 흔쾌히 승낙하고 그 대신 마당의 정원을 좀 돌봐 달라고 하시는 겁니다. 그도 놀라는 눈치였지만 저희는 더욱 놀랐습니다. 선생님의 작품은 그 가격을 따지기 힘든데 그 대가가 단지 정원을 돌보는 것이라니! 그런데 더 이상한 것은 그 역시 바로 승낙하는 것이 아니라 정원을 보고 결정하겠다는 거예요. 선생님께서는 손수 정원으로 그를 안내하기까지 했죠. 다음날부터 그는 정원을 가꾸기 시작하였고 선생님도 그릇을 만들기 시작하였습니다. 제가 선생님께 너무 손해 보는 일이 아니냐고 묻자 선생님은 웃으시며 결코 그렇지 않다고 하셨죠. 저는 정말 선생님이 내린 결정을 이해할 수 없습니다. 할아버지가 보시기에는 어떻습니까?'

"내 생각도 테인의 말처럼 그렇게 손해 보는 장사는 아닌 것 같군."

나무 할아버지의 말에 데이브는 이해할 수 없다는 표정을 지었다.

"선생님도 그렇고 할아버지도 그렇고 도무지 이해할 수가 없군요."

"내가 지금 이유를 말해 주어도 이해하기 힘들 테니 자네의 눈으로 직접 보는 게 좋겠네."

"아니, 직접 제 눈으로 본다구요?"

"그래, 내일 자네가 궁금해 하는 것을 직접 눈으로 확인할 수 있도록 해주겠네. 먼 길을 와 피곤할 테니 오늘은 그만 가서 쉬고 내일 아침 일찍 공원으로 오게."

데이브는 지금 당장 궁금증을 풀고 싶었지만 나무 할아버지가 더 이상 아무 말도 하지 않자 어쩔 수 없이 인사를 하고 나왔다.

다음날 데이브는 밤새 잠을 설쳐서 피곤한 몸을 이끌고 아침 일찍 공원으로 나왔다. 공원에는 나무 할아버지가 벌써 나와 기다리고 있었다.

"여기서 가장 잘 보이니 이리로 오게."

나무 할아버지가 정해준 자리에 앉은 데이브는 무슨 일이 벌어지는지 정신을 집중하고 공원 안을 살폈다.

잠시 후 아직도 어둠이 남아 있는 공원 안으로 누군가 들어오는 것이 보였다. 그는 나무 할아버지와 시선이 마주치자 가볍게 인사를 하고 조용히 공원의 여기저기를 쓸기 시작하였다. 그렇게 30분 정도 청소를 하더니 가볍게 나무 할아버지에게 인사를 하고는 공원에서 사라졌다.

"데이브, 어제 궁금했던 점에 대한 답을 잘 보았겠지?"

나무 할아버지의 갑작스러운 물음에 데이브는 어리둥절

해 하며 대답했다.

"아니, 무엇이 답이란 말입니까?"

"조금 전에 있었던 일을 보지 않았단 말인가?"

"음…… 조금 전에 청소하던 사람을 가리키시는 겁니까?"

"그래, 이제야 이해한 것 같군."

데이브는 나무 할아버지가 쓸데없는 말을 하지 않는 분이라는 것을 알기에 다시 한 번 자신이 조금 전에 본 광경을 되새겨 보았지만 아무것도 알 수 없었다. 데이브의 표정을 보고 그의 심정을 알았는지 나무 할아버지는 앞쪽을 가리키며 말했다.

"저쪽에 가서 바닥을 살펴보고 오게. 그러면 아마 이해하는 데 도움이 될 걸세."

데이브는 조금이라도 단서를 찾을 생각에 바닥을 자세히 살펴보았지만 여전히 아무런 단서도 찾을 수 없었다. 그는 속으로 '아무런 흔적도 없는데 무엇을 바닥에서 찾으란 말인가.' 하고 중얼거리다 무언가 조금 이상한 것을 깨달았다. 분명히 조금 전에 바닥을 쓰는 것을 보았는데 바닥에 쓰레기는 물론 빗자루 흔적도 보이지 않는 것을 발견한 것이다.

"할아버지, 바닥에서 찾을 수 있다는 단서가 빗자루 자국이 없다는 것입니까?"

"그래, 용케도 제대로 찾았군."

"할아버지, 그런데 어떻게 빗자루 자국도 없이 바닥을 쓸 수 있는 거지요?"

"그것은 오랜 시간 그가 노력한 결과라네. 내가 청소부 팀을 처음 본 것은 30년 전쯤이었지. 그때 그는 젊었고 모든 일에 대충 대충이었지. 얼마의 시간이 지나자 그는 열심히 하기는 했지만 바닥을 쓸고 나면 먼지가 심하게 나고 바닥에는 온통 빗자루 자국투성이였지. 그렇게 다시 얼마가 지나자 먼지도 많이 없어지고 빗자루 자국도 일정한 모양을 갖게 되었네. 그리고 언제부턴가 그가 빗질을 하면 먼지가 일지 않았을 뿐만 아니라 바닥에 빗자루 자국도 보이지 않게 되었네. 그때부터 나는 팀이 청소하는 모습을 보고 있으면 마치 한 편의 훌륭한 공연을 보는 듯한 느낌을 받았네."

그제야 데이브는 무엇인가 느꼈는지 "아!" 하고 감탄했다.

"이제야 알겠습니다. 테인 선생님도 노 정원사의 모습에서 그것을 발견하셨던 거군요."

나무 할아버지는 고개를 끄덕이며 말했다.

"어떠한 일이든 그것이 어느 정도 경지에 이르게 되면

일의 귀천이나 경계가 없어지게 된다네. 일의 귀천이나 경계를 만드는 것은 그 일 자체가 아니라 그 일을 하는 사람들의 마음가짐이라네. 아무리 사람들이 비천한 일이라 생각하는 것도 자신이 어떻게 그 일을 하느냐에 따라 얼마든지 달라질 수 있지. 또 어느 정도 경지에 오른 사람이라면 다른 종류의 일을 하는 사람이라 하여도 서로의 비범함을 알아보는 법이지."

나무 할아버지의 설명을 듣자 데이브는 그동안 궁금했던 점이 한순간에 풀리는 것을 느낄 수 있었다.

그는 감사의 인사를 하고 돌아오는 길에 문득 건너편에서 길을 쓸고 있는 팀의 모습을 볼 수 있었다. 아까는 아무것도 느끼지 못하였지만 지금은 왠지 팀의 모습이 평범하게 보이지 않았다.

데이브는 팀과 시선이 마주치자 자신도 모르게 고개를 숙여 인사를 하였다. 팀도 그에게 가볍게 인사를 하고 하던 일을 계속하였다. 팀의 등 뒤로 아침 햇살이 환하게 비치고 있었다.

즐거움을 찾아서

바쁜 하루를 보내고 퇴근하던 수잔은 공원 앞을 지나다 저녁노을 속에서 즐겁게 그네를 타고 있는 소녀의 모습을 보고 자신도 모르게 걸음을 멈추었다. 어려서 유난히 그네 타는 것을 좋아했던 수잔은 또래의 아이들 중 그 누구보다도 높이 그네를 타 다른 아이들의 부러움을 샀었다. 그러다가 그네에서 떨어져 크게 다친 이후로 더 이상 그네를 타지 않았다.

수잔이 옛 추억에서 돌아왔을 때 그네를 타던 소녀가 집으로 돌아갔는지 그네는 텅 비어 있었다. 그녀는 주위를 한번 둘러보고는 아무도 없는 것을 확인하고 약간 망설이다 그네에 앉아서 희미해지는 저녁노을을 바라보았다.

"네가 그네 타는 것을 오랜만에 보는구나."

마침 산책을 마치고 공원으로 올라오던 나무 할아버지가 그네에 앉아 있는 수잔을 발견했다. 그녀는 마치 잘못을 하다 들킨 아이처럼 얼굴을 붉히며 말했다.

"할아버지, 안녕하셨어요."

"그래, 너도 잘 지냈느냐?"

"그럭저럭 지내고 있습니다."

"요즘 무슨 문제라도 있는 거냐? 예전처럼 즐거워 보이지 않는구나."

수잔의 얼굴에 근심이 가득 어려 있는 것을 보며 나무 할아버지가 물었다. 그러자 그녀는 잠시 아무 말도 없이 산 끝에 조금 남아 있는 노을을 바라보다 입을 열었다.

"할아버지는 삶이 지겹다고 느낀 적이 없으셨나요?"

"삶이 지겹다?"

나무 할아버지는 그녀의 말을 천천히 되뇌어 보았다.

"왜 그런 것을 묻는 거냐?"

"저는 요즘 사는 즐거움이 하나도 없어요."

"그럴 만한 일이라도 있었니?"

"아니오, 매일 매일 쳇바퀴 도는 생활이 견디기 힘들어요. 매장에서 손님들을 상대로 물건을 판매하다 보면 너무 지치고 가끔 허탈감을 느껴요. 매장 직원이 많다보니 저는 있으나마나 한 존재 같고, 선배들의 모습이 몇 년 후의 제 모습이라 생각하니 뻔한 미래만 보이고……."

"그럼, 새로이 하고 싶은 일이라도 있는 거냐?"

나무 할아버지의 물음에 수잔은 고개를 저었다.

"지금 당장 새로 무엇을 하고 싶다기보다 그냥 지금 상태에서 벗어나고만 싶을 뿐이에요."

수잔의 말에 나무 할아버지는 얼굴을 약간 찡그렸다.

"수잔, 지금 네 생각은 위험한 것 같구나. 지금 하고 있는 일이 맞지 않아 그만둔다면 큰 문제가 아니지만 단순히 그러한 생각을 가지고 일을 그만둔다면, 설령 다른 일을 한다 해도 얼마 가지 않아 또 이런 일이 반복될 뿐이야."

"그럼 어떻게 해야 하지요?"

그녀는 힘없는 목소리로 물었다.

"내가 보기에 지금 가장 필요한 것은 현재 네가 하고 있는 일에서 '즐거움' 을 찾는 일인 것 같구나."

"할아버지, 어떻게 지금 제가 하고 있는 일에서 즐거움을 찾을 수 있단 말이에요!"

수잔은 어이없는 표정을 지었지만 나무 할아버지는 그녀를 똑바로 쳐다보며 확신에 찬 음성으로 말했다.

"아무리 건조한 사막이라도 그 속에 오아시스가 숨겨져 있단다. 네가 발견하지 못할 뿐이지 노력만 한다면 지금 하고 있는 일에서도 충분히 즐거움을 찾을 수 있을 게다."

"정말 그것이 가능할까요?"

수잔이 믿어지지 않는다는 듯이 다시 묻자, 나무 할아버지는 단호한 목소리로 대답했다.

"물론이다. 모든 것이 네가 하고자 하는 마음에 달려 있다."

나무 할아버지가 떠난 뒤에도 수잔은 한참 동안 그네에 앉아 무엇인가를 생각하다가 집으로 돌아갔다.

몇 달이 지난 어느 날 나무 할아버지가 다시 수잔을 만났을 때 그녀는 지난번과 달리 얼굴 가득 환한 미소를 지은 채 그네를 타고 있었다.

"할아버지!"

수잔은 그네를 멈추고는 반갑게 나무 할아버지를 불렀다.

"그래, 오늘은 지난번과 달리 즐거워 보이는구나."

"모두 할아버지 덕분이지요!"

"아니, 내가 너에게 뭘 해주었다고 그러느냐?"

"지난번에 저에게 지금 하고 있는 일에서 즐거움을 찾으라고 말씀해 주셨잖아요?"

나무 할아버지는 그녀의 말을 듣자 지난번에 있었던 일을 생각하고는 고개를 끄덕였다.

"그래, 그런 적이 있었구나. 너의 표정을 보니 즐거움을 찾은 듯하구나."

"네, 할아버지 말씀대로 노력하니까 정말로 제가 하고

있는 일에서도 즐거움을 찾을 수가 있었어요."

"호!"

나무 할아버지는 가볍게 감탄을 했다.

"그것이 말은 쉬워도 직접 하기는 그리 쉬운 일이 아닌 데 즐거움을 찾았다니 장하구나."

"사실 그때 할아버지에게 그런 이야기를 들었을 때만 해도 반신반의했죠. 어떻게 해야 현재 내가 하고 있는 일에서 즐거움을 찾을 수 있을까 생각했지만 무엇부터 해야 할지 너무 막막했어요. 그러다가 지금 하고 있는 일에 대해 여러 가지 자료를 모아 보기로 했어요. 제일 처음 저와 같이 매장에서 일하는 사원들의 판매실적을 조사해 보니 제가 전체 판매 사원 50명 중 35등이라는 것을 알게 되었어요. 저는 그때부터 지금 하는 일을 단순히 회사에서 시켜서 하는 일이 아니라 판매 시합에 나온 것이라고 생각하기로 마음먹었어요."

"오호, 잘 생각했구나."

"다음날부터 말투도 상냥하게 고치고 손님들에게 친절하게 인사하는 등 열심히 노력한 결과 저보다 판매 실적이 앞섰던 사람들을 한 명씩 앞지를 수 있었어요. 그런데 25등이 될 때까지는 별 어려움 없었는데 그 후부터는 등수를 올리기가 쉽지 않았어요. 그래서 저보다 판매량이 많은 사람들을 유심히 보고 그들의 판매 방법을 배우기도 하고, 판매 관련 서적을 읽으며 제 나름대로 공부도 했죠. 처음에는 이론적으로 적용한 방법이 잘되지 않았지만 포기하지 않고 다른 방법들을 찾아내어 나름대로 응용하자 저의 판매실적이 크게 향상되기 시작했어요. 그래서 4개월이 지났을 때쯤에는 저의 판매실적이 제일 높게 되었어요."

"수잔, 정말 대단하구나."

수잔은 나무 할아버지의 칭찬에 자랑스러운 듯이 어깨를 으쓱하며 말했다.

"할아버지, 놀라지 마세요. 며칠 전 부사장님이 저를 부르시더니 어떻게 그렇게 판매실적을 높일 수 있었냐고 물으시는 게 아니겠어요. 그래서 그동안 제가 혼자서 판매시합을 했던 일을 이야기했죠. 제 이야기를 듣던 부사장님은 감탄하시며 '이곳 매장 담당자가 다른 곳으로 가게 되어 새로 담당자를 임명하려고 합니다. 수잔만 괜찮다면 회사에 당신을 추천하고 싶은데 어떻습니까?' 라고 하는 거예요. 저는 너무 놀라 한동안 아무 말도 못했어요. 제가 입사할 때만 해도 그러한 일은 특별한 사람들이나 하는 거라 생각했기 때문이지요. 저는 흔쾌히 부사장님의 추천을 받아들이기로 했어요. 그래서 다음주부터는 매장 직원이 아닌 매장 관리자로 출근하게 되었어요."

이야기를 마친 수잔은 나무 할아버지를 쳐다보며 환하
게 웃었다.
　나무 할아버지는 수잔과 헤어져 돌아가는 길에 고개를
돌려 다시 그녀를 바라보았다. 그녀는 환한 웃음을 지으며
그 어느 때보다도 높이 그네를 타고 있었다.

가장 소중한 선물

나무 할아버지가 공원 화단에 심은 꽃들에게 물을 주고 있을 때였다. 아침에 만났을 때까지도 얼굴 가득 행복한 미소를 짓던 로버트가 그 사이에 무슨 일이 있었는지 세상의 모든 고민을 혼자 짊어진 표정으로 나타났다. 그는 화단 옆 의자에 앉으며 한숨 섞인 푸념을 했다.

"할아버지, 왜 여자들은 아무런 이유 없이 화를 내는지 모르겠어요."

"그게 무슨 말인가. 아침에는 세상에 여자처럼 사랑스러운 존재가 없다고 하더니……."

나무 할아버지의 말에 로버트는 자신이 했던 말이 생각난 듯 멋쩍어했다.

"아까는 그랬지만 지금은 생각이 바뀌었어요."

"왜 생각이 바뀌었나?"

나무 할아버지는 화단에서 나와 로버트 옆에 앉았다.

"오늘 카페에서 제인을 만났어요. 내일이 그녀의 생일이라서 무슨 선물을 해줄까 물었는데, 그만 화를 내더니 자리에서 일어나 나가버리는 게 아니겠어요? 갑작스러운 그녀의 행동에 당황해서 뒤쫓아 갔지만 뒤도 안 돌아보고 차를 타고 가버렸어요. 저는 아직도 그녀가 왜 그렇게 화를 냈는지 모르겠습니다."

로버트는 알 수 없다는 듯 고개를 가로저었다.

"내가 보기에는 자네에게 잘못이 있는 것 같은데?"

그는 놀라는 표정으로 물었다.

"제가 잘못을 했다고요?"

"그래."

"도대체 제가 잘못한 게 무엇입니까?"

"자네의 잘못은 바로 선물할 것을 제인에게 물었다는 것이네."

"저는 다만 그녀가 가장 원하는 것을 선물하고 싶었을 뿐인데 그게 왜 잘못이란 말입니까?"

"물론 사람에 따라서는 그것을 잘못이라 생각하지 않을지도 모르지만 제인은 그렇게 생각하지 않은 모양이지."

"무슨 말인지 잘 모르겠습니다."

"자, 한번 생각해 보게. 자네는 선물이란 무엇이라고 생각하나?"

로버트는 잠시 생각하다 대답했다.

"상대방에게 진심으로 자신의 마음을 표현하는 어떤 것이 아닐까요?"

"그 말도 맞기는 하지만 그 중에 빠진 말이 있네. 바로 '관심'이라는 거네."

"관심이요?"

"그래, 자네가 만일 제인에게 진정한 관심이 있었다면 그녀가 원하는 것이 무엇인지 본인에게 직접 묻지 않아도 알 수 있었을 거야."

나무 할아버지는 로버트를 잠시 쳐다보고 계속 말했다.

"자네가 제인에게 선물을 고르게 한 것은 진정으로 그녀에게 관심을 기울이지 않았기 때문이야. 아마 제인도 그렇게 느꼈기에 화를 내고 나갔을 걸세."

로버트는 "아!" 하고 놀라더니 약간 초조한 목소리로 말했다.

"할아버지, 그럼 어떻게 하지요. 정말로 제가 큰 실수를 한 것 같은데……."

"너무 걱정하지 말게. 자네는 제인을 위한다고 한 것이 그렇게 된 거 아닌가. 우선 그녀가 진정으로 원하는 게 무엇인지 생각한 후에 그것을 준비하여 찾아가게. 솔직한 심정을 이야기한다면 아마 제인도 용서해 줄 걸세."

로버트는 잠시 제인에게 무엇을 선물할 것인가를 생각했다.

"아! 그녀가 무엇을 받고 싶어 하는지 생각났습니다. 저는 정말 멍청해요. 이렇게 금방 그녀가 받고 싶어 하는 선물이 생각나는 것을……."

나무 할아버지는 로버트를 보고 미소 지으며 말했다.

"자, 더 늦기 전에 어서 가 보게."

"할아버지, 고맙습니다."

로버트는 서둘러 인사를 하고는 공원을 뛰어 내려갔다. 나무 할아버지는 그의 뒷모습을 바라보며 미소 짓고는 다시 꽃들에게 물을 주기 시작하였다.

사람은 빵이 없이도 얼마간 살 수 있지만,

꿈을 잃으면 그 순간이 죽음이다.